Menção Honrosa do Prêmio
Alfredo Machado Quintela
FNLIJ 1985

Giselda Laporta Nicolelis

O sol da liberdade

ENTRE LINHAS
SOCIEDADE

Ilustrações: Mozart Couto

23ª edição

Série Entre Linhas

Editor • Henrique Félix
Assistente editorial • Jacqueline F. de Barros
Preparação de texto • Lúcia Leal Ferreira
Revisão • Pedro Cunha Jr. e Lilian Semenichin (coords.) / Elza Maria Gasparotto
Célia Regina do N. Camargo / Edilene M. dos Santos / Camila R. Santana

Gerente de arte • Nair de Medeiros Barbosa
Supervisão de arte • José Maria de Oliveira
Diagramação • Edsel Moreira Guimarães
Projeto gráfico de capa e miolo • Homem de Melo & Troia Design
Coordenação eletrônica • Silvia Regina E. Almeida
Impressão e acabamento • Forma Certa

Suplemento de leitura e projeto de trabalho interdisciplinar • Ivana Calado

Dados Internacionais de Catalogação na Publicação (CIP)
(Câmara Brasileira do Livro, SP, Brasil)

Nicolelis, Giselda Laporta
O sol da liberdade / Giselda Laporta Nicolelis ; ilustrações Mozart Couto. – 23. ed. – São Paulo : Atual, 2004. – (Entre Linhas: Sociedade)

Inclui roteiro de leitura.
ISBN 978-85-357-0442-6

1. Literatura infantojuvenil I. Couto, Mozart. II. Título. III. Série.

04-1564 CDD-028.5

Índices para catálogo sistemático:

1. Literatura infantojuvenil 028.5
2. Literatura juvenil 028.5

20ª tiragem, 2022

SARAIVA Educação S.A.
Avenida das Nações Unidas, 7221 - Pinheiros
CEP 05425-902 - São Paulo - SP - Tel.: (0xx11) 4003-3061
www.coletivoleitor.com.br
atendimento@aticascipione.com.br
CL: 810474
CAE: 602608

Brasil, meu Brasil, brasileiro
meu grande guerreiro,
berço e nação.
Zumbi, protetor/guardião/padroeiro,
mandai alforria
pro meu coração...

(*Quilombo* – Gilberto Gil.)

Para Clóvis Moura (*in memoriam*).

Agradeço à Associação dos Ex-Combatentes do Brasil (FEB), que me facilitou as pesquisas — em especial aos sargentos Daniel Lacerda e Romeo Correa, que permitiram o uso de seus comoventes diários de guerra; e a todos que, de uma forma ou de outra, ajudaram neste livro.

Sumário

Primeira parte: 1825 a 1905

Segunda parte: 1905 a 1985

Primeira parte: 1825 a 1905

África – 1825

Os tambores começaram a tocar logo cedo, anunciando a batalha. Namonim, o rei ioruba, falou a seus guerreiros:

– Chegou a hora da luta... seremos senhores ou morreremos com honra...

Ajahi se aproximou. Era o primogênito, herdeiro do trono. Depositário de todas as esperanças da tribo. Em volta, pela imensa floresta, que se estendia a perder de vista – sobre a qual o sol acabara de nascer, pondo um reflexo de vida em cada coisa –, estavam as tribos inimigas. Ajahi se perguntava por que não seriam todos amigos, formando uma única e verdadeira nação. Mas os ódios eram antigos e vários, e cabia a ele, o primogênito, apenas honrar e venerar a vontade do pai, Namonim, o rei todo-poderoso dos iorubas.

– Você, filho – disse Namonim –, chame seus guerreiros e venha comigo para o campo de batalha. Ou venceremos juntos ou cairemos na sanha dos inimigos...

– Sempre a seu lado, pai – disse Ajahi, tomando a lança.

Em volta deles, pintados para a guerra, dançavam os guerreiros... arcos e flechas preparados. Eram decididos e fortes, especialistas na arte da guerra. Não sabiam o que era medo.

Quando o sol ficou quase a pino, Namonim marchou, acompanhado de seus bravos, ao encontro do inimigo. No meio da floresta se encontraram face a face. Ardia um ódio ancestral no rosto daqueles homens. Quando, finalmente, o sol se pôs, o chão estava juncado de cadáveres... tanto de um lado quanto do outro.

Namonim foi vencido na batalha. E, antes de ser aprisionado, varou o peito com a própria lança, para morrer como soberano. Ajahi e outros guerreiros foram feitos prisioneiros e, pior que isso, entregues pelo obá, o vencedor, a um traficante de escravos que já esperava pelos vencidos. Era sempre assim, bastava esperar. Divididos por ódios e ídolos, eles guerreariam entre si: haveria sempre quem herdasse os despojos humanos. Para encher com eles os porões dos tumbeiros, que esperavam nos portos sua carga funérea.

Ajahi lutou muito e só amarrado conseguiram arrastá-lo para longe do corpo do velho pai, que já penetrara os sombrios mistérios da morte. Apanhou muito até chegar ao depósito de negros, o tangomau gritando:

– Ande, negro sujo, seu destino está selado... Morrerá escravo numa plantação do Brasil.

Outros o seguiam na mesma sorte. Alguns da própria tribo, mas não muitos; eram espertos aqueles traficantes de negros. Faziam uma boa mistura na hora de selecionar os escravos antes de enviá-los para determinada parte do Novo Mundo, a América.

Sabiam que se juntassem negros da mesma tribo, falando o mesmo idioma, unidos por religiões e costumes idênticos, estariam facultando-lhes a união e a organização de sedições junto com seus líderes. Então, na hora do embarque eram deliberadamente separados na medida do possível. Desde a África, já viajavam, desconhecidos entre si, apenas malungos, companheiros de viagem, quinhentos negros falando idiomas diferentes, sem comunicação uns com os outros, isolados e submissos.

Continuaram apanhando, enquanto subiam para o tumbeiro, até serem jogados no porão úmido, infecto, cheirando a detritos humanos, sem ventilação ou luz. Ali, Ajahi foi empilhado com outros companheiros, meia dúzia talvez, a maioria de outras tribos, todos apavorados, sem nenhum amigo por perto.

Foi ali, naquele porão imundo, que Ajahi, encolhido a um canto, como animal perseguido na floresta, jurou, em nome de Namonim, seu pai, o rei ioruba, que preferiria a morte à desonra:

— Nunca me submeterei à escravidão. Ainda que eu morra, serei livre novamente!

Falara a meia-voz para si mesmo. O agente do navio ouviu. O bacalhau, a chibata de pontas, cortou seu rosto, deixando a primeira marca, enquanto o homem gritava, em ioruba:

— Não resmungue, negro!

Lentamente, o tumbeiro, com sua carga nefanda de homens escravos, deixava o porto e a pátria, enquanto o sol também sumia no horizonte, por trás das densas florestas dos ancestrais.

Ajahi, no seu canto, cerrou os dentes. Pela sua memória passou o cheiro das plantas, o doce sabor do beiju que a mãe preparava ao raiar do dia e que todos comiam juntos à noite, o ruído da mata estalando a seus pés, quando saía para a caça, e sobre sua cabeça sentiu a mão do pai e ouviu a sua voz:

— Um ioruba não se rende no campo de batalha... um ioruba nunca será escravo de ninguém... livre nasceu... livre morrerá...

Namonim era agora como um velho tronco, apodrecendo na mata que ele tanto amara. Mas deixara a Ajahi um legado precioso: a luta pela liberdade!

Alguém começou a cantar, um canto indecifrável, desconhecido. Era uma mulher, no canto do porão, sentindo talvez a mesma coisa que ele, separada da família, dos filhos... Então, dos lábios de Ajahi brotou uma prece:

— Mãe, minha mãe, onde quer que você esteja, sinta no cair da tarde a minha despedida... eu lhe digo adeus, como o galho que se desprende da árvore... pense em mim, minha mãe, minha raiz.

Vinda do meio da floresta, uma aragem bateu no cabelo da mulher que espera, olhos inquietos e oblíquos cravados na mata escura. Uma dor toma seu coração e ela sabe que nunca mais verá nem Namonim, o homem amado, nem Ajahi, seu filho primogênito. Lágrimas rolam pelo seu rosto, misturando-se às gotas de chuva que começam a cair.

No tumbeiro, o canto cessou de repente. Como se a dor fosse maior que tudo, e como se todos adivinhassem, transidos de medo e molhados de suor, que já não são pessoas: são coisas, animais de tração a serviço de um senhor!

A viagem foi terrível. O navio jogava, e aquelas centenas de homens e mulheres caíam uns sobre os outros. Alguns enjoavam, vomitando sobre os demais. Uns se lamentavam alto, ao que um companheiro do lado gritava, também em idioma diferente:

– Cale a boca, idiota!

Mas o outro não entendia e continuava suas lamúrias. Uma mulher grávida começou a passar mal. Abortou ali mesmo, no porão, a trilha de sangue em volta dela, enquanto gemia e chorava, os cabelos empastados de suor. Uma companheira acudia-a, desajeitada, embora não compreendendo sua língua.

Ajahi, unido aos companheiros de tribo, comentou:

– Assim que sairmos do navio, fugiremos...

– Para onde, Ajahi? – gemeu Dada, a um canto. – É como disse o homem, morreremos escravos lá nessa terra estranha... que nome tem mesmo?

– Brasil – repetiu José. – Ele fala a minha língua. Eu pego ele de jeito, na primeira oportunidade.

– E mata a todos nós – disse Dada. – Espere, irmão, a hora da chegada. Se não fugirmos na hora, fugiremos depois. Devem existir matas por lá, como aqui.

Nesse instante jogavam a comida no porão do navio.

Baldes com um caldo ralo e fedorento e pedaços de pão velho. Havia também os baldes de água, desesperadamente disputados, porque o calor era imenso. Às vezes, na avidez da posse, o navio jogava, e a água rolava pelo chão sem que ninguém a aproveitasse.

A mulher que abortara morreu no dia seguinte. Ficou horas ali estendida, até que o agente levasse o corpo, arrastando-o pela escadaria como a um animal abatido. E o cheiro de sangue ainda ardia no ar, como um mau presságio.

Cada vez que o fiscal aparecia, Ajahi levava inconscientemente a mão ao rosto ferido, onde ficara uma cicatriz avermelhada. O que doía mais fundo era sua alma, seu desejo avassalador de liberdade. Mas teria ainda muito a suportar.

Durante três meses ficaram empilhados naquele porão, muitos

sóis e luas. Na pouca claridade, não dava para saber se era noite ou dia. A luz filtrava vagarosa e trêmula por uma pequena abertura lateral que também deixava entrar o ar. Assim mesmo o ambiente era extremamente abafado, e muitos acabaram morrendo sufocados ou à míngua de água ou alimentos, disputados pelos mais fortes e ágeis. As mulheres sofriam mais, pois eram sempre as últimas, por serem mais fracas. Mas havia poucas a bordo. A maioria era de homens, preferidos pelos senhores de escravos porque renderiam mais nas lavouras. As negras eram escolhidas a dedo pelo porte e beleza, porque teriam outras utilidades.

Finalmente, o navio atracou, e o agente apareceu, chibata na mão, falando, como sempre, ioruba. Os negros se entreolhavam, assustados, pois – fora Ajahi e seus companheiros – não conheciam nenhuma palavra no dialeto ioruba. Mas o tom da voz era ameaçador:

– Chegamos, seus bastardos. Em fila, em fila, que vamos desembarcar para o depósito de negros novos. Nem um pio, hein, já sabem. Senão é chicote. Não me façam perder a paciência, seus negros sujos!

O sol feriu os olhos acostumados tantos dias à escuridão do porão do navio negreiro... Ajahi cobriu o rosto com as mãos. Havia um cheiro de maresia, e o céu era muito claro. Era uma terra bonita aquela, até parecida com a dele... mas pouco tempo teve para se deslumbrar com a paisagem, porque os agentes agrediam os negros que desciam pelas escadas, alguns tropeçando e embolando no meio do caminho. Um negro caiu no mar e, embora pedisse socorro, ninguém o acudiu. Pereceu afogado, enquanto o agente comentava:

– Paciência, sobe-se o preço dos demais. Não sou eu que vou me atirar ao mar só pra salvar um negro...

– Calma, companheiro – pediu o outro. – Se todos caem no mar, cadê nosso lucro? Podia ter atirado uma corda para o negro.

O outro cuspiu com desprezo:

– Atirasse você, que tem coração tão mole, a tal corda. Viu como afundou como uma pedra, o animal?

Falava em ioruba e Ajahi ouvia. Seu sangue ferveu nas veias... mas tudo a seu tempo. Chegaria a hora de fazê-lo engolir essas palavras. Então se veria quem era o animal entre eles.

Foram lançados pelo pombeiro no tal depósito de escravos novos.

Ajahi ouviu os fiscais conversando com um homem vestido de branco, grandalhão. Falavam agora uma língua estranha que ele não entendia.

– Tudo preparado para o leilão, senhor. São trezentos escravos de diversas regiões da Guiné. Tivemos o cuidado de misturá-los bem, não há perigo algum de rebelião. São uns pobres coitados apavorados. Mas estão numa sujeira incrível. Carecia dar-lhes um banho para pegar um bom preço. Que acha? Morreram uns duzentos, que foram lançados ao mar e aos peixes.

– Pois cuidem de tudo. Joguem-lhes umas tinas d'água fria. Cuidado com as peças, rapazes. Há alguma negra bonita entre eles?

Um dos agentes sorriu, manhoso:

– Capturamos uma princesa nagô, especialmente para o senhor. É de uma beleza incrível, para quem gosta, naturalmente. Eu, por mim...

– Pois trate de limpar essa beleza negra e me traga imediatamente, mas cheirando a banho tomado, hein? Olhe lá naquele baú, tem umas roupas que devem servir. Há outras iguais?

– Uma meia dúzia, patrãozinho, não tão lindas, mas dão para o gasto.

– Pois trate de aprumá-las bem, que alguns dos que vêm para o leilão gostam de negras jovens e bonitas, para o seu harém particular.

– Tudo como o senhor mandar, patrão.

O agente foi cumprir ordens. Passou perto de Ajahi. Tinha uns olhos, aquele negro pretensioso. Provavelmente diria que era filho de rei, como tantos outros no passado. Cuspiu novamente, a saliva desceu pela perna de Ajahi, escorreu até o chão.

– Entende a língua que eu falo, negro? – disse o agente, acendendo um charuto e falando novamente em ioruba.

– Entendo – disse Ajahi.

– Nagô piolhento. – O agente riu. – Pois trate de obedecer cegamente. Não gosto de negro metido a líder, a provocar tumulto. Se brincar em serviço, vai para o tronco, levando cem açoites. Sabe o que são cem açoites, negro?

– Não, senhor.

O outro riu:

– Viu a saliva, cem açoites é sangue escorrendo como escarro. Se cuide, negro, ou mando você para o tronco!

Ação

Nove anos depois...

Na casa da ladeira da Praça, quase na esquina de um beco, em Salvador, há um burburinho estranho, na tarde ensolarada de meados de 1834. Lá moram Domingos e Rosa, ambos escravos libertos, ele alfaiate, ela vendedora de comidas e doces pela cidade. Mas o restante dos cômodos e a "loja", no porão, são sublocados para outros libertos e também para escravos de ganho, formando uma comunidade de quase sessenta pessoas.

Pela cidade, desde cedo, o cochicho se espalhou, por onde os escravos e libertos se encontravam – nas fontes públicas onde colhiam água para as casas, nos pontos de venda de miudezas e comestíveis, na entrega de pão, entre barbeiros, carregadores de cadeirinhas, vendedores de carvão e lenha, peixeiros ou lavadeiras:

– Tem reunião às 3 horas na casa da Rosa!

A Rosa é conhecida em toda a cidade. Uma negra nagô, alta e bonita, de dentes branquíssimos que ela põe à mostra no seu sorriso constante. Liberta há muito tempo, é a quituteira mais conhecida de Salvador, a quem mesmo as senhoras encomendam iguarias quando querem deslumbrar as visitas. Mas dizem coisas da Rosa. Que tem partes com o tinhoso, que põe umas ervas estranhas nas suas comidas. Que enlouquece os homens com beberagens que aprendeu a fermentar ainda na África, de onde chegou mocinha e linda de morrer. Agora, amigada com o Domingos, alfaiate, correm rumores mais estranhos ainda, coisas de branco que morre de medo dos negros, "o inimigo de portas adentro", como eles mesmos dizem.

– Reunião na casa da Rosa, gente, é pra ir todo mundo!

Tem gente que sorri, nagôs na maioria, negros altos e bonitos, chamados de malês porque todos são muçulmanos, falando e escrevendo em árabe e, às vezes – que ironia! –, muito mais letrados que seus próprios senhores. Não se misturam com os não muçulmanos – foram convertidos pelos ussás, no Brasil – e são vistos inclusive com desconfiança pelos outros escravos. A religião islâmica não prevê escravidão entre seus seguidores.

Lá pelas duas e meia começam a chegar os visitantes. Reúnemse na sala maior, na parte térrea da casa, onde a Rosa já distribui algumas iguarias: acarajés recém-fritos no dendê e umas cocadas de dar água na boca. Quem logo toma a palavra é o liberto Jorge, vendedor ambulante na cidade, cujo nome de origem é Ajahi.

– Como todos vocês sabem, estamos aqui reunidos porque vamos fazer uma revolução na madrugada do dia 25 de janeiro, no dia de Nossa Senhora da Guia do próximo ano de 1835. Que Alá nos proteja!

Ao que José, também liberto, vendedor de tabaco, continua:

– Os nossos já tentaram muitas vezes, vocês sabem o lema dos muçulmanos: nunca ser escravo, nunca se conformar com a escravidão.

– Nem falar jamais, nem mesmo sob tortura – grita um na plateia. É o escravo Gonçalo, moleque ainda, com o tabuleiro de doces preso no corpo por uma correia de couro.

– Deixe o Ajahi falar, moleque – replica outro, logo atrás.

Ajahi continua, com voz decidida:

– Faz tempo que a gente vem se organizando, companheiros. Vêm negros até lá de Vitória, da região dos ingleses... acho que apoiam os escravos, fazem ouvidos de mercador, porque também estão querendo acabar com o tráfico de escravos.

– E tem outra turma que se reúne lá na rua da Oração – intervém o José. – A gente tá se reunindo em separado e de dia, como se fosse pra comer e se divertir, pra não dar na vista.

– E temos armas? – pergunta Pedro, outro escravo de ganho. – Eu sou ferreiro, gente, posso ajudar em muita coisa.

– Pois estamos precisando de voluntários de todo jeito – apoia Ajahi. – A gente vai juntar armas de todo tipo: sabres, espadas e até mesmo armas de fogo, mas essas são bem mais difíceis. Esta casa do Domingos vem bem a calhar: está a um tiro de pistola do Palácio do Governo, a um tiro de espingarda dos batalhões de terceira linha e perto do Colégio, onde sempre há uma tropa.

Neste momento se levanta Sanim, o mestre corânico, um negro velho de cabelos já brancos, enrolador de fumo e que fala a língua nagô. Sanim mostra uns papéis, escritos em árabe.

– Está tudo aqui, companheiros. As instruções todas. A ordem é trucidar todos os brancos, mulatos e crioulos. Vamos tomar essa cidade de assalto, queimar as propriedades deles, pegar os saveiros nos portos e voltar à África, de onde nunca devíamos ter saído.

Alguém suspira na plateia. É a negra liberta Helena, vendedora de peixes, elo entre a revolução e os pescadores.

– A gente foi escravizada na África pelos próprios irmãos – diz ela. – Quem ganhava a guerra vendia os demais. O que será que vai mudar?

– Esperança, irmã – grita o mestre. – Esperança. Agora seremos livres. Conseguiremos nossa liberdade com luta. Ninguém nunca mais vai nos escravizar, nem aqui, nem na África.

– Que Maomé permita – sorri Helena. – Os pescadores estão todos comigo. Me dê a minha parte nos papéis.

Os planos são detalhados e parecem perfeitos. Vários grupos de revoltosos partiriam de cinco lugares, na madrugada do dia 25. Dia de festa – de Nossa Senhora da Guia –, logo cedo as famílias se deslocariam para as igrejas e os negros ficariam em relativa liberdade nas casas, e estas sem seus donos para defendê-las. Mas seria preciso muito cuidado com esses escravos não muçulmanos e crioulos, sempre prontos a delatar os muçulmanos, muito mais politizados e rebeldes.

Ajahi retoma a palavra:

– A ordem é o silêncio, companheiros, o maior silêncio. Não comentem este movimento nem com suas mulheres, filhos ou maridos, se não fizerem parte da revolução. Qualquer palavra fora de hora vai pôr tudo a perder, como ocorreu no passado. Faz tempo que lutamos, nossos pais e avós já se rebelavam nos próprios navios negreiros, nos depósitos de escravos. Nunca nos submeteremos à escravidão.

– NUNCA! – juram todos a uma só voz.

Helena sorri novamente:

– Que sonho bonito, gente, estou do lado de vocês, mas queria tanto ter certeza que vamos ganhar essa luta...

Rosa agora serve acarajés e cocadas. É ela quem responde:

– Ter certeza, quem pode ter certeza, companheira? A gente vai lutar até a morte. Um muçulmano não se rende, tem uma palavra só, haja o que houver.

Lá do fim da sala se levanta um negro magro, porém forte, de musculatura rija. É o Sule, vendedor ambulante com fama de conquistador. Por isso mesmo a mulher dele, a Sabina, tem ciúmes doentios do marido. A coisa é até motivo de troça entre os companheiros do rapaz.

– Como é, Sule, a Sabina deixou você vir? – fala alguém atrás dele.

Ele faz que não ouve.

– Quer dizer alguma coisa, companheiro? – pergunta Ajahi.

– Trago uma mensagem de Licutan.

Ao nome Licutan, faz-se o maior silêncio no plenário. Licutan é um grande líder, agora preso, por penhora de bens do seu amo, pelos frades do Carmo, visitado na prisão com o maior respeito pelos seus companheiros. E manda mensagens através deles.

– Licutan garante que está conosco, que ajudou a formar todos os planos e infelizmente agora está preso e não pode ajudar. Mas contem com ele mesmo na prisão. E o que precisarem dele, mandem dizer por mim, seu mensageiro...

Os negros presentes se põem a bater palmas ritmadas para homenagear Licutan, seu grande líder. Não importa que esteja numa cela, sua presença impõe-se entre eles.

– Diga a Licutan, nosso grande líder, que suas palavras serão bem esperadas e sua ordem cumprida – fala Ajahi. – Estamos no comando apenas enquanto ele está preso.

– Licutan diz que Ajahi é grande chefe, que honrem Ajahi – continua Sule.

– E como é que você entra e sai da prisão com tanta facilidade, hein, companheiro? – zomba um deles. – Seduziu também a guarda da cadeia?

Sule dá um cascudo na cabeça do intrometido. Já não lhe basta a Sabina, com seus ciúmes malucos, a seguir-lhe os passos, a fazer escândalos na rua? Fora um custo despistar a mulher para vir a esta reunião, ou visitar Licutan. Mulher enxerida, arre!

Os planos começam a tomar corpo, mas é preciso paciência. Paciência e ordem. Tem havido outros movimentos revolucionários dos malês em Salvador. Todos, sem exceção, reprimidos com extrema violência pelos brancos, ajudados pelos negros crioulos ou de outras religiões que não a muçulmana. Raça dividida, a negra. Além de lutarem contra os seus senhores brancos, os malês ou muçulmanos ainda precisam desconfiar de sua própria raça e principalmente dos crioulos e pardos, estes últimos sempre prontos a espezinhar os negros na sua ânsia de ascensão social, chegando até mesmo a ser senhores de escravos, como os brancos.

Mas agora há bons chefes: Ajahi, Sule, Licutan, Manuel Calafate... com seus sábios conselhos; Sanim, o mestre, fazedor dos papéis com todos os planos. Sem falar de Ová, que agora chega atrasado à reunião.

Ová é um escravo cego cujo senhor, o chefe de polícia de Salvador, mora na rua das Laranjeiras. Ová pede esmolas pelas ruas e deve entregar uma parte delas a seu senhor, todos os dias. Como todo cego, Ová desenvolveu grandemente os outros sentidos, principalmente o da audição. E, como bom muçulmano, e integrado à revolução, deve ouvir tudo o que o seu senhor comenta em casa e também na casa da guarda, onde vai, à guisa de prestar contas, todo santo dia. Ová é uma sombra mal-apercebida que sabe de tudo, ouve tudo. De todos os espiões da revolução, é o mais experiente e eficiente. Além disso, era o braço direito de Licutan, quando este, ainda solto, usava sua casa, no Cruzeiro de São Francisco, como ponto de reuniões.

– Fale, Ová! – pedem alguns.

O escravo não se faz de rogado.

– O chefe de polícia não desconfia de nada – diz Ová –, apesar de que os brancos estão sempre com medo. Eles vivem com medo de nós, escravos, afinal somos a metade da população aqui de Salvador.

– Mais de cinquenta mil – ratifica Ajahi. – Impossível que desta vez não consigamos tomar a cidade.

– Depende de sorte e sobretudo de muito silêncio – concorda Ová.

– É o que eu disse ainda agora – repete Ajahi. – Que ninguém abra a boca. Quanto menos se falar, melhor.

– É que às vezes bate uma vontade de gritar: Olhem aqui, seus miseráveis que vivem mandando a gente pro tronco, vai chegar a hora da vingança! Ah, se vai... – diz Gonçalo, na exuberância da idade.

– Silêncio, Gonçalo! – repreende Ová. – Cada um que cale a própria revolta, que chegará o dia da liberdade... e, quando estivermos indo para a África, então cantaremos e gritaremos para o imenso mar.

– Que Alá seja louvado! – grita Helena.

– O elo entre os dirigentes e os outros será sempre o Sule, o Capitão – continua Ajahi. – E vocês deverão usar este anel para se identificarem daqui por diante.

Abre uma caixa onde há dezenas de anéis de latão dourado, disputada avidamente pelos presentes.

Cada um escolhe e coloca um anel no dedo. E Ajahi conclui:

– E teremos também fardas para o grande dia... se preparem para usá-las com o maior orgulho.

– E o nosso lema, qual será? – pergunta Gonçalo.

– Morte aos brancos, pardos e crioulos! – diz Ajahi. – Não ficará pedra sobre pedra em Salvador, quando raiar o dia de Nossa Senhora da Guia.

– E agora passaremos a caixa para as contribuições – arremata Sule. – Esse dinheiro será todo usado para comprar armas e munições, bacamartes, garruchas, sabres e espadas. E também para fazer os uniformes e os papéis.

– Os uniformes deixem comigo – fala Domingos, o dono da casa, alfaiate. – Eu e meu compadre Aprígio damos conta. São barretes de pano branco e azul e roupetas amarradas na cintura sobre as calças, com cintos brancos. Uma beleza!

– E todos teremos uniformes? – quer saber Malvina, uma negra de ganho de notável beleza, explorada como prostituta pela sua dona, pertencente a uma das famílias mais nobres de Salvador.

– Todos, Malvina – diz Ajahi. – Logo você estará livre daquela sua branca sem coração.

Malvina sorri tristemente. Ainda essa tarde tem de arrumar freguesia; chegar sem dinheiro à casa da dona significa ser ameaçada de receber cem açoites em praça pública, coisa de que ela morre de pavor.

Delação

A reunião seguinte acontece na casa do liberto Belchior, na rua da Oração. Belchior é nagô, pedreiro conhecido. Subloca quartos junto com a mulher Agostinha, também nagô, lavadeira. Sanim, o mestre muçulmano, é inquilino de Belchior. Sule, o Capitão, emissário de Licutan, mora na mesma rua, mas vive por lá, levando as suas mensagens. As reuniões são sempre de dia, a pretexto de comer ou realizar funções. Quem sabe ler e escrever em árabe ensina aos companheiros.

Ramil, outro líder do movimento, toma a palavra. É nagô de ganho, exerce a profissão de barbeiro. Leva a vantagem do ofício, porque conhece e conversa com muitas pessoas e armazena informações preciosas.

– Estamos fazendo provisão de armas de fogo, faz tempo, companheiros – diz ele –, e agradecemos muito a colaboração de todos para a "caixa" de contribuições.

Ramil faz parte de um clube que funciona nos fundos da casa de Abrão, um inglês que mora no arrabalde de Vitória, três quartos de légua ao sul de Salvador, um dos mais intensos focos de arregimentação. Lugar muito bonito e tranquilo, dominando a baía, é a moradia dos grandes comerciantes, dos representantes consulares e dos estrangeiros de Salvador. É público e notório que os ingleses facilitam tais movimentos, fazem vista grossa. Seus escravos movimentam-se à vontade, para terror do chefe de polícia e pavor contínuo da comunidade branca da cidade, acostumada a dizer que tem "o inimigo portas adentro". Isso porque há famílias com até setenta escravos domésticos, a maioria usada como escravos de ganho nos mais diferentes ofícios. Com a sobra do que pagam a seus senhores, eles economizam para comprar a própria alforria, transformando-se em libertos. Porém, pelas ordenações do Reino, são muitas as armadilhas em que pode cair o liberto, tendo o senhor a faculdade de revogar tal alforria. Luísa Mahim, jeje liberta, traz uma denúncia:

– Lembram do Cornélio, aquele liberto que pertenceu ao Romão, dono da selaria?

Menina, uma garota franzina de grandes olhos negros, lembra:

– Tão gentil, o Cornélio, tão meu amigo. Sumiu, faz tempo...

– Pois foram dizer pro Romão que o Cornélio falava mal dele enquanto vendia os biscates na praça. O homem nem procurou confirmar nem nada. Pediu a revogação da alforria, o Cornélio virou escravo de novo e ainda foi condenado a cem açoites por difamar o patrão...

– Lei miserável. – Ramil cospe forte. – Que adianta trabalhar que nem cavalo de carroça pra comprar a alforria, se qualquer palavra de um excomungado desses traz os negros de volta pra escravidão e para o tronco? São libertos só na palavra, porque podem até ser deportados para a África, separados de suas famílias, a qualquer instante.

– E tem mais. – Levanta-se Elesbão Dandará, ussá, mestre corânico, negro que escreve e lê perfeitamente em árabe, um dos mais respeitados líderes do movimento. – Os senhores de escravos fazem toda sorte de chantagem com os libertos. Como podemos votar nas eleições primárias e eleger os eleitores que nomeiam deputados, senadores e membros dos conselhos gerais das províncias, eles ameaçam: ou votamos nos escravagistas ou voltamos a ser escravos. Por isso todo escravo liberto nunca vota num abolicionista.

– Troque isso em miúdos, Dandará – sugere Ramil, vendo a cara de indecisão da maioria, que não está entendendo aquilo.

– Muito simples – continua o mestre. – Se sou liberto, então deveria votar num eleitor abolicionista que trabalhe a favor do escravo e da abolição da escravatura. Acontece que, por medo de o meu ex-senhor revogar minha alforria, eu voto no amigo dele, senhor de escravos como ele, que nunca vai trabalhar a meu favor. Isso é chantagem da mais sórdida possível.

– Entendi – Ramil sorri tristemente. – Nunca seremos livres.

– Seremos, sim, irmão – diz Dandará. – Agora seremos. E voltaremos para a África, como queremos, com as nossas famílias, e não separados, como bichos do mato. Olhem Ajahi. Seu pai era um rei nagô, ele é um filho de rei. Seu pai foi vencido numa guerra e morreu lutando, Ajahi foi feito escravo e mandado para o Brasil num navio negreiro. Mas ele continua rei. E como um rei nagô nos conduzirá à vitória!

– Pobre raça – diz Luísa. – Muitos não merecem ser chamados de homens. Bajulam seus senhores, delatam os companheiros para se transformar em libertos. Até escravizam seus irmãos, se tornam senhores de escravos também, como aquele desgraçado do Laio.

– Aquele nojento. – Ramil cospe novamente no chão. – A sua liberdade foi conquistada com o sangue dos açoites dos irmãos que ele mandou para o tronco. Mas ainda acerto as contas com ele. Vive naquele casarão cercado de escravos armados. É um rato de esgoto... ninguém quer nada com ele, nem os brancos que ele tanto bajula, nem os seus irmãos de raça.

– E quantos Laios existem por aí – continua tristemente Sanim. – E tudo causado por essa maldita escravidão. Muitos já morreram lutando. Sabem quantas revoltas já fizeram os negros muçulmanos só aqui em Salvador? Muitas, e foram todas banhadas em sangue. Mas não desistiremos. Se falharmos agora, começaremos outras...

– A ordem é o silêncio! – lembra Ajahi. – Ninguém falará nem mesmo sob tortura. Juram por Alá?

Um murmúrio sobe da confraria reunida:

– Juramos... não falaremos nem por ameaça de morte!

– Pois então vamos aos papéis – diz Sanim, tirando um embrulho de dentro do enorme manto negro em que se envolve.

Os papéis passam de mão em mão, como tem acontecido antes

na casa de Domingos e Rosa. Fazem reuniões por partes, para não dar na vista. Grandes ajuntamentos poderiam levantar suspeitas, é tudo feito no mais perfeito regime de clandestinidade.

O plano militar divide a cidade em cinco partes. Os revoltosos também serão divididos em cinco grupos. Assim que rompa a aurora do dia 25 de janeiro, os escravos sairão das casas para buscar água nas fontes públicas. Então começarão os incêndios, aqui e ali, para despistar os brancos, a polícia e a tropa. Os negros então atacarão de imprevisto, já atocaiados em pontos estratégicos.

O alvo principal serão os quartéis, incluindo o da Cavalaria, que fecha caminho para o Bonfim. Os revoltosos de Salvador se unirão aos de Vitória, formando um bloco único e quase invencível. Primeiro libertarão Pacífico Licutan, o grande líder. Devem isso a ele, pois mesmo dentro da prisão os tem orientado e chefiado, através de Ajahi, de Sule, de Manuel Calafate, de Elesbão Dandará, todos agora a postos à frente dos seus homens de confiança... Por onde passarem, os malês matarão os brancos, mulatos e crioulos e libertarão também os negros, mesmo que não tenham aderido ao movimento. Ao cair da noite, a cidade será deles, de cabo a rabo: livres para voltarem à África dos seus sonhos!

Os papéis que Sanim trouxera relatam, em árabe, os planos da luta:

"A gente há de vir de Vitória, tomando a terra e matando toda a gente da terra de branco, e passará por Águas de Meninos, até se juntarem todos no Cabrito, atrás de Itapajipe, para o que as espingardas não haverão de fazer dano algum...".

– Será que vai dar tudo certo, mestre? – pergunta Luísa Mahim, pegando sua cota de papéis para levar aos companheiros, como fizera antes.

– Vai ser uma grande surpresa, não tem erro – garante Sanim. – Está tudo pronto: uniformes, munição, armas... é só esperar o dia 25!

Outras reuniões acontecem na porta do Convento das Mercês. Os negros reunidos de madrugada discutem planos, recebem instruções, se organizam. Agostinho e Francisco, carpinteiros, são os chefes. Como têm livre trânsito nas casas onde fazem serviços, insuflam também os escravos domésticos para a luta que se aproxima.

Manhã do dia 19 de janeiro de 1835. Briga numa praça. Dois carregadores de cadeirinha se recusam a transportar um bêbado, dizendo ao meirinho que fora chamá-los para isso:

– Deixe, logo você há de procurar negro no canto e não há de achar, e você mesmo é quem há de botar cadeira no ombro.

– Eta negro safado, desbocado e sujo!

O meirinho chama a polícia, que acalma os ânimos, obrigando os negros a pedir desculpas e carregar o homem embriagado.

Há faísca, eletricidade no ar. Murmúrios correm de boca em boca. Vem coisa aí... Que coisa, ninguém sabe dizer. Apenas se formulam ameaças veladas, há um brilho nos olhos dos negros, principalmente dos libertos, que antegozam a ideia de ser completamente livres, donos de si mesmos, não precisando curtir uma vida toda de medo de ter a sua alforria revogada, por simples vingança do ex-senhor. Três nagôs passam comentando que "quando tocar a alvorada nas guardas, e os negros saírem para a fonte, haverá fogo na cidade baixa, que vem gente até mesmo de Santo Amaro...".

Esses murmúrios são recolhidos por negros libertos. Domingos Fortunato, nagô, ouve, no sábado, véspera da revolta, da parte de negros vindos de Santo Amaro, "que vêm para, com outros desta cidade, tomar conta da terra, matar brancos, cabras e crioulos...". Quando chega à casa, na rua do Bispo, comenta com a mulher, a nagô liberta Guilhermina, que, por sua vez, ouviu os três nagôs em conversa semelhante. Guilhermina não se faz de rogada, sai e vai avisar seu ex-senhor, Joaquim de Sousa Velho. Na volta encontra Sabina, a mulher de Sule, que, por sua vez, tem notícias quentes.

Sabina teve uma briga terrível com Sule, na madrugada do sábado. Sule saíra de casa e não voltara. Saindo à sua procura, certa de que estava em companhia de outra mulher, chegara a uma casa onde o marido vai frequentemente, na rua de Guadalupe. Ouviu conversa em voz baixa em nagô. Já ia saindo quando encontrou uma amiga, a negra Edun, e perguntou a ela:

– Viu Sule por aqui? Há horas que o procuro em vão.

Edun sorriu, em triunfo.

– Claro que está, é o nosso capitão. Mas só pode sair quando chegar a hora de tomar a terra...

– Que história é essa, mulher, de tomar a terra? – disse Sabina, plantando verde pra colher maduro. – Negro toma é pau, olhe lá...

Tomada de brios, a outra deu a história toda:

– Pois me diga amanhã, se tomamos a terra ou tomamos o pau... quando tivermos matado todos os brancos, cabras e crioulos...

Sabina, apavorada, saiu correndo, encontrou com Guilhermina e lhe contou tudo o que ouvira da comadre Edun. Guilhermina não perdeu tempo. Foi à casa do vizinho, onde estavam dois brancos, que, ato contínuo, foram à procura do juiz de paz do primeiro distrito do Curado da Sé, o qual, por sua vez, foi ao presidente da província, lá no palácio. A negra Guilhermina confirmou tudo. Estava feita a delação.

Sabina, mais apavorada ainda, não sabia se se escondia de Sule ou se esperava por ele. Ficou esperando, desesperada, porque queria salvar o companheiro. Ainda pediu que lhe dessem soldados para retirar Sule da conspiração. Não lhe deram ouvidos...

Dez horas da noite, o presidente da província manda um ofício ao chefe de polícia, patrão de Ová, um dos chefes da rebelião, com os seguintes dizeres:

"Nesse momento, me é dada a denúncia de que esta manhã, muito cedo, deve haver uma insurreição de escravos, a qual parece apresentar alguns indícios verdadeiros...".

Um silêncio tenebroso varre a noite de sábado. Nem lua há. Por toda parte apenas a expectativa: dos negros, que não se sabem delatados, ardendo para que venha a alvorada e possam sair para a luta. Dos brancos, armando-se nas trevas para uma coisa que supõem verdadeira, mas da qual não têm certeza. De lado a lado um medo feroz, uma angústia terrível antecipando-se à festa de Nossa Senhora da Guia, dia 25 de janeiro de 1835.

Ação/Repressão

Às onze horas e quinze minutos, o presidente da província manda ofícios aos juízes de paz de todos os distritos da cidade. Tropas são então enviadas para os lugares estratégicos, à espera dos acontecimentos.

A casa de Domingos e Rosa é cercada e vasculhada pelo chefe de polícia, o patrão de Ová. Quando este se retira da ladeira da Praça, chega um juiz de paz, querendo saber se na casa há mais negros.

– Só um escravo – diz Domingos, e Rosa confirma.

– Então abra a porta – intima o juiz de paz.

– Perdemos a chave – responde Rosa. – Entre o senhor pela janela.

– Pois tratem de abrir esta porta ou mandarei arrombá-la – grita o juiz, impaciente.

Domingos gira a enorme chave na fechadura, dando muitas voltas, tantas que o juiz murmura:

– Que tanta volta dá nessa chave, negro, parece que está dando sinal!

– Pra quem, meu doutor? Só pra dois escravos velhos e sossegados que tem aí dentro?

– Você disse um, seu negro mentiroso...

– Ah, esqueci do outro, coitado, é cego, nem sai do quarto quase...

Quando a porta se abre, entram todos, Domingos iluminando os corredores com um archote, à frente da tropa.

– Ouvi uma porta se fechar agora – grita um dos homens.

– Em que direção? Vamos lá – comanda o juiz de paz. – Batam na porta; se ninguém abrir, arrombem-na imediatamente!

Não é preciso. No exato instante em que chegam, a porta abre-se de supetão, e do quarto saem uns sessenta negros, que se atiram sobre a tropa, em desespero de causa, disparando suas armas de fogo e ferindo a golpes de sabre. À primeira arremetida, os soldados recuam.

– Voltem, voltem, seus covardes – grita o juiz de paz, enquanto um soldado cai gravemente ferido a seus pés e o tenente Lázaro recebe uma estocada no peito.

Os insurretos então se dividem: um grupo desce pela ladeira da Praça, outro pela rua dos Capitães, gritando no dialeto nagô seus brados de guerra. À frente do primeiro comanda o Manuel Calafate. O segundo segue Conrado.

Já é conhecida de toda a cidade a revolta dos malês: caíra por terra o elemento surpresa. Mas, se os brancos sabem de tudo, disso não sabem muitos negros que se preparam para sair logo às primeiras horas da madrugada, a fim de encontrar os companheiros nos cinco lugares predeterminados para a reação. As guarnições militares e forças auxiliares de Salvador estão todas de prontidão, para atirar à primeira sombra que se movesse contra os quartéis ou o Palácio do Governo. Os brancos, por sua vez, tinham se armado e aprisionado os próprios escravos. E entre os escravos há muitos que estavam no movimento e agora se acham impedidos de avisar os companheiros. Sentem medo e pânico, porque bem sabem que, depois que tudo passasse, viria a vingança dos brancos...

Mas os negros da ladeira da Praça não têm escolha. Tornam a se reunir num grupo só e vão para a Ajuda, a fim de tomar de assalto a cadeia e libertar Licutan. Mas a cadeia resiste e nada conseguem... Dali seguem para o largo do Teatro e atacam oito soldados, que fogem apavorados. O local seguinte é o Forte de São Pedro... No caminho matam dois pardos que atiraram neles, aos gritos:

– Morte aos brancos, pardos e crioulos!

O Forte de São Pedro é bem defendido por uma tropa de artilharia. Sozinhos, sabem que não conseguirão tomar o forte, então decidem esperar pelo outro grupo de insurretos que virá de Vitória. Juntos terão mais chance, pois os soldados estão muito bem armados e municiados e já avisados da revolução. Assim mesmo tentam várias vezes se aproximar do forte, mas são rechaçados sob a fuzilaria... Acontece que o grupo de Vitória não sabe que os planos foram descobertos e aguarda a hora exata de marchar para o Bonfim, centro da cidade. Enquanto o grupo daqui aguarda, desesperado, o outro começa a se mover, como combinado. Finalmente chegam ao quartel, mas são recebidos à bala. Tentam atacá-lo, mas logo percebem que será em vão. Atravessam a rua e se juntam ao grupo da ladeira da Praça, mesmo sofrendo muitas perdas, embora também ocasionem baixas no inimigo.

Agora os dois grupos estão juntos e mais poderosos. Seguem para a Mouraria, conforme comanda o Conrado:

– Lá tem um quartel permanente só com doze homens. Podemos tomá-lo com relativa facilidade.

O comandante do grupo de Vitória, Antônio, concorda e rumam para o quartel. Mas este também já foi avisado e fechou o portão... Ainda assim os malês atacam, tendo mais baixas.

– Contei dois mortos e muitos feridos – diz um ajudante de ordens para Conrado.

– Vamos recuar, descendo pela Barroquinha – responde o chefe.

Aí vira confusão. Tentam de novo libertar Licutan, sem êxito. Os negros, desesperados, correm para o Colégio, onde 22 praças, comandados por um sargento, resistem violentamente, deixando os malês num fogo cruzado, pois uma tropa de permanentes já os ataca pela retaguarda. Largando mais um morto e outros tantos feridos, vão então para o quartel de Cavalaria, em Águas de Meninos.

São três horas da madrugada. E ainda têm a ilusão de tomar o quartel, um dos mais bem defendidos de Salvador. O chefe de polícia espera por eles, com um esquadrão de cavalaria, quinhentos infantes e um contingente do batalhão de artilharia. Os infantes atacarão de dentro, enquanto a cavalaria esperará na praça.

São apenas sessenta negros, desesperados e estropiados, comandados por Ajahi, o grande líder! Têm lanças, pistolas e espadas... Assim que chegam à praça, a artilharia ataca com fuzil e pistola. Mas eles continuam avançando, sob os gritos de Ajahi:

– Para a frente, para a vitória!

A cavalaria vem por cima deles... atracam-se corpo a corpo, numa luta medonha e sem trégua. Os negros, desesperados e lutando pela própria vida, a tudo resistem. Ferem o comandante Francisco, que se retira, levando a tropa.

Agora é o chefe de polícia quem assume o comando da cavalaria e carrega forte sobre os negros, que se veem obrigados a recuar, sob as ordens de Ajahi:

– Pra trás, pra trás, vamos nos reorganizar.

A sorte parece estar do lado deles. De repente surge não se sabe de onde outro grupo de negros, que por alguns maravilhosos instantes acua a cavalaria. Mas o chefe de polícia é esperto: recua para o quartel e lança a artilharia sobre os negros, matando e ferindo muitos. A cavalaria aproveita e empurra os sobreviventes para o mar. Alguns morrem afogados, alguns se embrenham nas florestas da vizinhança, e outros são mortos enquanto nadam até a fragata Baiana, que, mesmo atracada, ajuda na batalha... Os negros não têm escolha: acuados entre a artilharia, a cavalaria e o bloqueio marítimo, resistem como podem, mas pouco a pouco são dizimados. O chefe de polícia comenta, estarrecido com tanta coragem:

– Todos preferiram morrer...

– Olhe o que eu trouxe, chefe – sorri um dos soldados, arrastando um negro ferido numa das pernas. É Ajahi, que se debate como louco, enquanto o sangue jorra do seu corpo.

– Quem é? – quer saber o chefe de polícia.

– O chefe do ataque – continua o soldado. – Nem ferido se

rendeu. Acabamos com quase todos. Quem não morreu tá muito ferido... que fazemos com eles?

– Levem assim mesmo para a cadeia – diz o chefe. – Que apodreçam!

•

Repressão, seu nome é ferocidade. A assembleia provincial suspende por trinta dias as garantias individuais. Qualquer residência pode ser vasculhada e dela retirados prisioneiros. As casas dos africanos são viradas pelo avesso. Basta ter um manuscrito em árabe para ser considerado conspirador. As ruas de Salvador vivem cheias de cadáveres de negros assassinados!

Os mais perseguidos são os mestres corânicos. Claro que, sendo mais ilustrados e inteligentes que os próprios senhores, foram eles a mola mestra da revolução. As sentenças eram dadas assim:

– Romão: sabe ler e escrever em árabe, foram achadas tábuas com caracteres arábicos na sua casa. Galés.

– Antônio: tem em sua casa dois tabaques, uma cruz de madeira, uma figa de chifre, uma caixinha redonda com um bichinho dentro: duzentos açoites.

Um local muito visado pelas autoridades é o arrabalde de Vitória. Lá vivem os odiados ingleses, que fazem vista grossa a todo movimento escravo. Dizem coisas odiosas deles. Que levam os escravos para as possessões nas Antilhas, onde os mantêm por seis anos como aprendizes sem salário, à disposição dos ingleses. Que há milhares de escravos cubanos e brasileiros por lá.

Os ingleses não deixam revistar suas casas, graças à inviolabilidade de domicílio prevista nas leis inglesas. Mesmo assim as cadeias de Salvador se enchem de negros: Aljube, Forte de São Marcelo, Fortaleza do Barbalho, Forte de Santo Antônio, Cadeia do Terreiro. Prisões terríveis todas elas. Os que não morrem torturados, morrem de fome ou de doenças.

Perto do Aljube há uma negra vendedora de legumes, a Josefa. Os prisioneiros, pelas janelas, suplicam-lhe que leve alguns para eles. Josefa, condoída, vai até o portão da cadeia:

– Posso entregar alguns legumes? Os presos têm fome.

– Claro, minha boa negra, entre – diz a sentinela, com um sorriso matreiro.

Entrar foi fácil. Mas Josefa também fica prisioneira. Muito tempo pagou, inocente, apenas pelo seu bom coração. Quando consegue sair, está doente também.

É ela quem conta do interrogatório do nagô Henrique, homem de meia-idade, corpulento, que fora muito ferido e tinha gangrena se espalhando pelo corpo. Henrique sofria em silêncio suas dores insuportáveis, sem atendimento médico, enquanto a gangrena o matava. Mesmo assim o levaram para interrogatório.

– Seu nome?

– Henrique.

– Onde nasceu?

– Africano, da nação ioruba.

– Ioruba, uma ova. Nagô, seu negro piolhento.

– Sou ioruba – insistiu o negro.

– Escravo ou liberto?

– Escravo.

– Nome do dono?

– Vicente Ferreira de Maia.

– Quem são os outros chefes da revolução?

– Não sei.

– Vai morrer, de um jeito ou de outro, negro, melhor falar!

– Não sou gente de dizer duas coisas: o que disse está dito até morrer.

– Quer levar uns açoites nessa gangrena toda, negro?

– Agora é a minha vez; mas o senhor não vai ficar pra semente, meu branco limpo...

A cutilada nos ferimentos fez Henrique gritar. Mas continuou:

– Podem matar quantos quiserem... meus filhos... meus netos... mas não podem matar a todos nós. Algum dia teremos a nossa liberdade! Agora não digo mais nada...

– Levem esse negro podre daqui! – grita o chefe de polícia, tirando o lenço do bolso. A gangrena deixa um cheiro insuportável na sala de interrogatórios.

Ainda resta uma esperança

Os brancos agora estão com o domínio novamente. E a repressão continua, os julgamentos se sucedem – quase trezentos. Desses, 260 são homens e 26 mulheres; 160 são escravos e 126 libertos. Isso fora os julgados e até condenados à revelia.

Mas acontecem coisas interessantes nesses julgamentos a toque de caixa. Os senhores de escravos são ávidos, não querem perder dinheiro. Quando chamados a juízo para testemunhar a participação ou não do seu escravo no movimento, fornecem álibis.

Mestre Sanim era um dos chefes, mas seu dono não quer perder o capital empatado. Testemunha a seu favor, com toda a candura, e Sanim é libertado depois de seiscentos açoites. Por isso fica difícil saber se realmente os negros condenados são efetivamente os implicados e até mesmo líderes da revolução dos malês.

Dezoito são condenados à morte. Alguns às galés, pena que varia de alguns anos a galés perpétuas. Outros são simplesmente deportados para a África – que ironia! –, para onde pretendiam ir todos se o movimento fosse vitorioso. A maioria recebe penas de açoites. Há rebeldes condenados a receber mais de mil açoites, à razão de cinquenta por dia.

É o caso de Narciso. Sua pena: 1200 açoites. Mas as autoridades lhe garantem – como a outros companheiros com penas semelhantes – um médico a seu lado para assegurar que não corra perigo de vida a cada cinquenta chibatadas que receba por dia de castigo. Mas médico também erra. E, no dia em que começa a quinta sessão do suplício, Narciso não aguenta e morre ali, amarrado ao tronco, em Águas de Meninos. Junto a ele, cumpre igual sorte Pacífico Licutan, condenado a mil açoites, apesar de nada ter-se provado contra ele, apenas por ser líder inconteste da população nagô da cidade.

Basta conhecer os revoltosos, conviver com eles, para ser vítima do arbítrio. Agostinha e Teresa, libertas, cumprirão dois anos de prisão só por serem companheiras de Belchior e Gaspar, participantes ativos da rebelião dos malês.

Muitos são jogados em horríveis cadeias públicas, verdadeiras masmorras sem a menor condição de sobrevivência. Se não morrem de fome, de maus-tratos, acabam doentes, inclusive com tétano, por causa dos ferimentos adquiridos ou na luta ou nas sessões de tortura. Tem negro que envelheceu na prisão, esquecido do tempo e dos homens...

Dezoito são condenados à morte, mas treze têm as penas suspensas; restam só cinco que serão supliciados como exemplo a todos os negros de Salvador: Ajahi, nagô liberto, conhecido como Jorge; José Francisco Gonçalves, ussá liberto; e os nagôs Gonçalo, Joaquim e Pedro, escravos de Lourenço de tal, Pedro Luís Mefre e Mellor Russel. Elesbão Dandará morrera em combate, segundo testemunhas oculares. Manuel Calafate escapara, talvez para algum quilombo das redondezas. Os cinco serão enforcados, com todas as pompas previstas para tal caso, num ritual marcado para o dia 13 de maio de 1835! Muitos dias antes a forca já está armada: resta apenas achar o carrasco...

O emissário do juiz corre as prisões de Salvador:

– Trinta mil-réis a quem servir de carrasco para os negros...

A resposta, porém, é sempre a mesma:

– Não quero, não vou, guarde seu dinheiro sujo.

O carcereiro-mor não acredita no que ouve:

– Mas são trinta mil-réis... por cinco negros... que é isso?

– Pois faça você mesmo! – dizem-lhe, cuspindo no chão.

A data se aproxima e nada de executor. O juiz cobra um carrasco e o carcereiro-mor se desespera. Que importância teriam afinal aqueles cinco negros andrajosos e imundos que esperam numa cela úmida o dia da morte?

No dia 12 de maio, o juiz comunica ao presidente da província:

"Não há quem queira aceitar. Nenhum quer por recompensa alguma e nem mesmo os outros negros querem aceitar, apesar das diligências que lhes tenho feito, com grandes promessas, além do dinheiro".

O presidente é ríspido:

– Fuzilem os negros!

Amanhece o dia 13 de maio de 1835. Ao rufar dos tambores, são retirados da prisão, em lastimoso estado, depois de meses de tortura e sofrimento, os cinco negros malês, entre eles Ajahi, um dos maiores líderes da revolução.

Ajahi levanta a cabeça... Está preso com correntes, nas mãos e nos pés... caminha com dificuldade, porque seus ferimentos estão mal cicatrizados. Lembra o dia em que saiu com Namonim, seu pai, o grande rei ioruba, para a batalha... quando foram derrotados e o pai se matou com a própria lança.

Recorda também os tristes momentos em que fora levado para o tumbeiro, e o navio deixara a pátria a distância, levando-o e a seus companheiros para um triste destino: a escravidão.

Relembra como fora comprado, aos 18 anos, como escravo, por um branco de família nobre, em Salvador, que logo o pôs como escravo de ganho, a vender quinquilharias pelas ruas. Ajahi era um belo homem, um guerreiro ioruba. Tinha um porte altivo, dentes muito brancos e sorriso franco. Conquistara logo enorme freguesia, com a qual pagou o patrão e até economizou para a sua alforria. Sete anos depois era um liberto – assim, quase livre, começou a conspirar entre seus irmãos muçulmanos, ajudando a converter os demais, com o mestre corânico Sanim. Ajahi escreve e lê em árabe, conhece a religião que diz: "Ninguém será escravo de ninguém, nunca!".

Não é grande coisa ser liberto: desprezados pelos brancos, correm o risco de ter a alforria suspensa por qualquer rancor pessoal do antigo amo. Não são mais escravos, mas estão longe de ser homens livres... não importa: ele conspirará com seus irmãos de raça, até a hora da vitória final.

Os malês são conhecidos por sua rebeldia. Já fizeram outras revoluções em Salvador, em 1807, 1809, 1814. A repressão sempre foi cruel.

Os líderes foram enforcados, suas cabeças cortadas e salgadas, espetadas em lugares públicos, para servir de exemplo aos demais. Outros, como agora, tinham sido condenados às galés, deportados e açoitados. O lema dos revoltosos era sempre o mesmo:

– Morte aos brancos e aos mulatos e viva a Liberdade!

Acabada uma revolução, organizam outra. Mal termina a repressão, já se reorganizam, na clandestinidade, eclodindo novo movimento. São decididos, corajosos, hábeis, politicamente organizados. Em todo o mundo americano, jamais houvera revolta urbana de escravos; mesmo os quilombos, que tanto davam trabalho ao governo – como o dos Palmares, que só foi destruído pela selvageria de um bandeirante cruel –, eram rurais. É uma coisa nova, estranha, essa revolução de negros letrados, inteligentes, mais cultos que seus próprios senhores, com requintes de verdadeiros estrategistas.

Ajahi é filho de rei. E no entanto agora marcha, em farrapos, pelas ruas de Salvador, em companhia de seus quatro irmãos de suplício: Gonçalo, Joaquim, Pedro e José. Nas janelas, os moradores comentam, enquanto olham o cortejo:

– Só esses! Deviam matar todos esses negros infames que nos põem a cabeça a prêmio e não nos dão sossego...

– Metade da população é de negros, minha filha. Se eles tivessem ganhado a revolução, não estaríamos aqui, agora.

– Que sejam postos todos nas galés, acorrentados, para morrer de fome e sede...

– Que linda ideia, mas quem fará o serviço pesado? Nós?

No Campo da Pólvora, quase mil soldados, de armas embaladas, formam um quadrado, à espera dos condenados. Ei-los que chegam. Cabeça erguida, olhos firmes. São farrapos humanos, vêm descalços, têm marcas de feridas. Mas estão calados e serenos. Não falaram sob tortura, não falarão agora.

Brancos e mulatos assistem ao espetáculo. Os brancos estão sempre com medo, os mulatos idem. Serão eles as vítimas? Os brancos porque são os senhores, os mulatos porque os imitam e se transformam muitas vezes em senhores ainda mais cruéis de escravos negros.

No meio da multidão – 15 mil pessoas – alguém chora em silêncio. É Gangara, negra liberta, mulher de Ajahi, grávida de oito meses. Pesada, apavorada, ainda reuniu coragem para vir ao fuzilamento, certificar-se de que tudo terminou. Ficara escondida em porões esse tempo todo, protegida por um velho mestre corânico.

A multidão uiva, grita, aplaude... nem toma conhecimento da sua pessoa. Alguém puxa-a pela mão. É Luísa Mahim, companheira de revolução, que a arrasta dali. Quando estão longe da praça, em relativa segurança, diz:

– Sua louca, como se arriscou desse jeito? Vamos embora daqui... precisamos sair de Salvador.

– Para onde, amiga? – Gangara passa a mão sobre a barriga, onde a criança se mexe, assustada talvez com os estampidos que se ouvem ao longe.

– Para o quilombo do Urubu... é a nossa salvação – diz Luísa.

– Vá você, não aguento, a barriga está pesada demais.

Luísa sorri.

– Foi o último pedido de Ajahi, antes de começar a luta... se acontecesse alguma coisa com ele, que eu levasse você para o quilombo... Ele disse: "Salve Gangara e o meu filho... alguém precisa viver para herdar o nome de meu pai...".

– Se é assim, vamos. Dentro de mim vive um pouco de Ajahi. Ele não morrerá de todo, desde que seu filho nasça...

O povo começa a se dispersar. Os cadáveres com dezenas de

tiros são recolhidos pela tropa. Ali mesmo cortam suas cabeças, que serão salgadas e espetadas em praça pública, como símbolo do poder dos brancos sobre os 1500 malês que sonharam tomar Salvador e voltar para a África.

Luísa e Gangara saem da cidade, embrenham-se nas matas. Ali mesmo, à distância de uma légua, começa o quilombo Urubu, onde todos são bem-vindos: negros, brancos, índios... uma democracia racial. Ali, em meio a outros negros livres, enquanto espera a hora de o filho nascer, Gangara pode chorar à vontade a morte do seu amor.

Enquanto isso, na cidade, os negros estão apavorados! Nem querem ouvir a palavra *malê*. Os mestres corânicos que se salvaram por milagre não encontram mais discípulos. O pavor tem motivos de sobra: os libertos muçulmanos são todos deportados – que ironia! – para a África, mas de forma arbitrária, separados de suas famílias. Num só navio negreiro, seguem quatrocentos malês. Porque foram supostamente envolvidos na rebelião, mesmo tendo sido absolvidos pelos tribunais.

A pena de morte agora não precisa de unanimidade para ser aplicada. Se o réu é escravo, pode ser pedida por dois terços da votação, sem recurso ou pedido de graça. Acabaram-se os tempos de "clemência".

Negros muçulmanos jamais voltarão a ser importados pelo Brasil. Eram considerados perigosos, muito ladinos, capazes de se organizar em revoluções, guerrilhas. Os escravos malês que aqui permanecem jamais ganharão a liberdade e só sairão da província com carta de fiança do senhor.

O governador da Bahia, o Conde dos Arcos, é homem ladino também. Decide tolerar e até estimular as religiões africanas, cujo caráter constitui "o garante mais poderoso das cidades do Brasil...".

Os batuques estão proibidos. Na hora da Ave-Maria soa o toque de recolher... Sem passaporte, nenhum escravo pode sair às ruas: é preso ou mesmo morto pelas patrulhas armadas, dentro do plano de segurança que prevê incêndios, tumultos, insurreições escravas.

É nesse clima de terror que lá, no quilombo do Urubu, nos arredores de Salvador, numa madrugada de neblina, nasce, um mês depois, o filho de Gangara e Ajahi... cuja cabeça continua espetada num poste por onde passam, cabisbaixos, os negros escravos ou libertos...

O menino recebe o nome de Uesu. É neto de um rei ioruba, filho de um guerreiro que pagara com a vida seu sonho de liberdade... e nasce livre, enquanto os pássaros acordam, no meio da mata.

A família se desloca

Jean Perrier é francês e vive na Alsácia-Lorena, em Estrasburgo.

Casado duas vezes, tem dezessete filhos, dos quais o caçula leva o seu nome.

Em 1870, Bismarck declarou guerra à França, que foi vencida. Em 1871, a Prússia, que era dividida em vários principados, finalmente se uniu num único país, a Alemanha. Dentre outras prerrogativas, Bismarck exigiu que o território que compunha a Alsácia-Lorena ficasse sob o poder da Alemanha. Os franceses tinham duas opções: ou se naturalizavam alemães e continuavam vivendo na terra de origem, ou emigravam para a França.

A família Perrier não era simpatizante dos alemães. Então tomou a única decisão possível: emigrou para Paris. E lá se estabeleceu à espera de melhores dias... O tempo passou... estão já em 1883.

Jean Perrier, o caçula, está agora com 20 anos. Não tem uma profissão definida, mas gosta do campo, de coisas da lavoura. Muito providencialmente, seu tio, François Perrier, emigrara havia muitos anos para o Brasil, onde possui grande plantação de fumo, no sertão da Bahia, perto de São Félix. Certo dia, chega a Paris uma carta de François que diz:

"Não queres vir para o Brasil, Jean? Poderias ser o meu capataz. Tenho uma grande extensão de terra para cuidar, muitos escravos e preciso de alguém da minha mais alta confiança para dirigir tudo, principalmente quando me ausento da fazenda a negócios".

Jean tem sangue de aventureiro. Não pensa duas vezes para pedir consentimento ao pai:

– Quero ir para o Brasil viver com o tio. Gostaria de ter a sua permissão e a sua bênção.

O pai assente, embora preocupado:

– Vá, Jean, são filhos demais para que eu possa encaminhar todos na vida. Mas tome cuidado, meu filho. São tantos os perigos que dizem existir no sertão do Brasil! Febres, animais venenosos, feras...

– Que é isso, pai? – Jean sorri. – Há quanto tempo o tio está por lá e continua rijo como sempre.

É a vez de o velho Jean sorrir:

– François é um gigante, lembra dele, filho? Quase dois metros de altura, uma saúde de ferro. Só ele mesmo para aguentar aquele clima tão quente. Mas ele me escreve sempre, já pegou maleita várias vezes. Não se iluda, a vida é dura por lá.

– Vou assim mesmo, meu pai. Mas quero ir com a sua bênção.

– Pois a tem. Vá com Deus, meu filho. E volte rico e com saúde. Mas veja lá. Não me venha inventar casamento com qualquer uma... lembre-se que somos uma família honrada.

– Não se preocupe, meu pai. Eu honrarei sempre o nome Perrier, pode estar certo.

O velho Jean concorda com a cabeça. Tem motivos de sobra para fazer aquela recomendação. Aquele maluco do François... Ainda bem que só ele sabe coisas de homem aventureiro... mas é uma boa oportunidade para o futuro do filho. Pode até voltar rico para Paris.

Jean não perde tempo. Escreve ao tio François que aceita o convite, apenas porá algumas coisas em ordem, antes de partir em algum navio com destino à América. Por sorte, há em Paris um professor de português que dá aulas para os que vão tentar a sorte – a fortuna – do outro lado do oceano. Durante três meses Jean estuda português... até embarcar no navio que o levará ao Brasil. Um longo tempo de viagem. Dias perdidos no mar, em que o jovem Jean coloca suas ideias em ordem. Que mundo novo será aquele em que vive o tio há tantos anos? Rústico com certeza, com muitos perigos. Mas também um mundo mágico e misterioso, muito diferente da sua vida de adolescente em Paris, em família de classe média, com alguns recursos, se bem que sustentar aquela numerosa família não é tarefa fácil. Por isso mesmo o velho Jean acolhera com satisfação o convite do irmão.

À sua volta, no navio, muitos enjoam. O vento sopra insistente e a embarcação joga demasiadamente. Mas Jean Perrier tem o estômago e os nervos fortes. É um homem talhado para esse tipo de aventura. E come naturalmente, enquanto os outros o olham, invejosos de tanta disposição e saúde.

Herdara da família o físico corpulento e a cor clara. Tem o aspecto típico de europeu. O pai até lhe recomendara, antes de partir:

– Cuidado com o sol do Brasil. Não abuse, use sempre chapéu, não vá se curtir ao sol como couro... lembre-se, você não é um nativo.

Preconceituoso demais, o velho Jean. Aquela recomendação de que não se case com qualquer uma. Certamente receia que o filho despose uma negra e lhe dê netos escuros. E ele, Jean, tem alguma ideia formada a respeito? Bobagem, quando chegar a hora, saberá o que fazer... e certamente haverá mulheres brancas nesse estranho e misterioso país. O próprio tio, François, provavelmente casou-se no Brasil e é pai de muitos filhos. Como será a tia brasileira? O pai nunca lhe falara a respeito, apesar das inúmeras cartas que chegam do Brasil. Só comentara, frio:

– François tem mulher e filhos...

Será que o tio recebeu a carta anunciando sua chegada? Tomou todas as precauções, inclusive através do consulado, para que tudo saia a contento. Nem imagina estar sozinho num país estranho, um porto estrangeiro. Por Deus, que o tio tenha recebido a bendita carta, senão ele morrerá de aflição. Bobagem, é um homem já, tem 20 anos, não é uma criança desamparada. E o tio estará lá, com certeza...

Dias e dias, o navio singra aquele oceano sem fim, em direção à América. Finalmente, depois de longa viagem, aparecem à vista as costas do Brasil. E o comandante anuncia satisfeito:

– Amanhã chegaremos ao Rio de Janeiro.

– Por favor, senhor, em Salvador quando aportamos? – quer saber Jean.

– Paciência, meu rapaz, mais alguns dias e estaremos lá... Alguém espera por você? Viaja sozinho, não é? Tem parentes no Brasil, suponho.

– Sim, senhor, meu tio François Perrier, senhor de terras perto de São Félix.

– Sertão, meu filho, sertão. Ele foi avisado da sua chegada, pois não?

– Sim, senhor, deve ter recebido minha carta e estará à minha espera no porto de Salvador.

Mais dias de espera e expectativa. O oceano agora está calmo, e o vento sopra manso. Mesmo assim há ondas inquietas. Jean ama a baía de Guanabara, no Rio de Janeiro: uma autêntica joia engastada na paisagem. Que pena que o tio não vive ali, naquela cidade tão bonita. Mas, se o Rio é lindo assim, possivelmente a Bahia também o será.

Dias depois o comandante anuncia, sorridente:

– Prepare-se, rapaz, que amanhã atracaremos em Salvador, na baía de Todos os Santos.

– Amanhã. – Jean Perrier olha-se no espelho e vê a figura de um adolescente sonhador, cheio de planos para o futuro. Que lhe reservarão as terras da América, essa fazenda perdida no sertão do Brasil, país de que falam tantas coisas, mágicas e terríveis ao mesmo tempo? É governado por um imperador, d. Pedro II, com reputação na Europa de sábio e protetor das artes. Mas há muito descontentamento, a monarquia corre sério risco. Fala-se abertamente em República e já se insinua, forte, o movimento abolicionista.

– Mande-me notícias sempre – pedira o pai, o velho Jean, curioso sobre política, principalmente desse mundo novo, a América, tão conturbado com lutas civis, revoltas de escravos, um mundo novo e telúrico que tivera uma colonização europeia, mas que engatinha em seus novos caminhos. A França, principalmente, serve muito de modelo para os brasileiros, que importam tudo dela: língua, tecidos, cultura. Jovens abonados estudam em Paris, fazem da França sua segunda pátria. Até mesmo a literatura francesa é avidamente consumida no Brasil.

Seus pensamentos são cortados pelo sino de bordo. O comandante anuncia, finalmente:

– Bahia, Salvador! Os que desembarcam aqui, por favor, unam-se no convés que suas bagagens serão providenciadas... atracaremos aqui por três dias para reparos. Qualquer problema, estaremos às ordens.

Jean Perrier freme de emoção. Onde estará o tio? Lembra-se dele vagamente, pois fora visitá-los em Paris: um homem alegre, folgazão, de excelente humor. Imenso, um gigante sorridente e queimado do sol dos trópicos.

Desce as escadas do navio, o coração batendo em compasso acelerado. Mas logo se acalma, quando vê François, de imenso chapéu de palha, que acena e grita para ele, no cais do porto:

– Aqui, aqui, sobrinho, bem-vindo ao Brasil!

Nem parece mais velho, o tio. Abraça-o tão forte que sente suas costelas estalarem.

– Recebeu a carta, tio François?

– Mas claro, meu sobrinho, senão como estaria aqui? Teve medo de descer sozinho na América, ó patife! Eu não o deixaria desamparado, não é? Como vai o malandro do Jean? – O tio fala um português estranho...

– Como sempre, tio, manda um grande abraço. Cuidando da filharada...

François sorri, alisando a bigodeira ruiva:

– Quantos mesmo? Dezessete, não é? Aquele não dorme em serviço, hein, velho malandro. Está na segunda ou na terceira mulher?

Jean estranha um pouco aquilo tudo, o tio é bem diferente do pai, que é todo formal. Mas leva na brincadeira.

– Ainda na segunda, tio, deixe a mãe escutar isso que ficará furiosa com o senhor.

– Sem ofensas, Jean, sem ofensas, é só uma brincadeira. A sua mãe é muito nova ainda... O velho se cuida, hein?

Saem abraçados do porto, enquanto um negro, escravo do tio certamente, carrega as bagagens de Jean. O tio a certa altura diz:

– Este é o Roque, meu escravo de confiança. Sabe por que o nome dele é Roque? Porque ele faz as roscas mais deliciosas da Bahia...

O negro sorri, aparentemente satisfeito. Demonstra uns 50 anos, mas ainda é rijo e muito forte. Tem estatura avantajada e sorri com uns dentes alvíssimos. Os olhos são firmes e denotam uma grande força interior.

– Tem muitos escravos, tio? – pergunta o rapaz.

– Muitos, meu rapaz, muitos. Roque está comigo desde que eu cheguei ao Brasil. Tem uma história muito bonita da vida dele, qualquer dia ele conta, não é, Roque? – François continua no seu português estranho.

– Se o sinhozinho quiser ouvir... – o escravo fala da mesma forma.

– Quero, sim – diz Jean, simpatizando com Roque. – Será interessante ouvir, por que não? E talvez aprenda novas palavras...

– Roque é neto de um rei nagô, Namonim – continua François. – Você sabe, as etnias africanas não são unidas em nações. Então fica muito fácil uma dominar a outra, razão pela qual vieram tantos escravos nobres para o Brasil e outras partes do mundo...

Jean arregala os olhos:

– Nobres, tio?

– Nobres, sim, senhor, meu sobrinho. Namonim era um rei nagô vencido em combate, na África. Morto, muitos de seus guerreiros vieram como escravos para o Brasil, entre eles Ajahi, seu herdeiro na "nação" nagô. Ajahi morreu fuzilado em Salvador, em 1835, quando da revolta dos malês, os escravos muçulmanos... mas deixa pra lá, estou contando toda a história, não é, Roque?

– Pois pode contar, sim, senhor, o senhor conta muito melhor que eu – sorri Roque. – Isso se o sinhozinho estiver mesmo interessado.

– Puxa, mais que nunca. E como é que o Roque veio parar aqui na fazenda com o senhor, tio?

– Ah, essa é a melhor parte da história – sorri François. – E essa merece ser contada perto de um bom café quente, lá na fazenda, depois que você tiver descansado e tomado banho e comido aquela comida feita pela Arminda...

– Arminda, sua cozinheira?

O tio franze os sobrolhos, mas torna a sorrir:

– Não, minha mulher. Escrevi, seu pai não contou?

– Contou, sim, mas não disse o nome da sua mulher... coisa do pai... O senhor tem filhos?

– Não tantos quanto o mano, mas ainda assim uma boa trempe, sobrinho. São seis filhos, quatro homens e duas mulheres. Mas vamos lá conhecê-los!

A fazenda

São Félix era uma cidadezinha, quase vila, distante algumas horas de Salvador. Pelo menos foi o que dissera o tio, acostumado com aquela viagem da fazenda a Salvador. Saídos do porto, François aponta para cavalos presos num mourão, cuidados por mais dois escravos:

– Sabe montar, Jean?

– Montei algumas vezes nos arredores de Paris, numa chácara de amigos. – Jean engole em seco. – Agora viajar a cavalo, tio, será...?

– Nem será, nem meio será, Jean. É o único jeito. Ou pensa que temos carruagens como em Paris? Roque ajuda você a montar, suas malas vão em outro animal. Depois você toma um bom banho quente com salmoura...

– Salmoura, por quê?

Os escravos riem, os dentes à mostra. François pisca para Roque:

– Logo descobrirá por quê, sobrinho. Agora, a caminho.

A estrada é ruim, melhor dizendo, péssima. Quase uma trilha na floresta. À medida que se afastam de Salvador, Jean tem a nítida noção do que o espera: um mundo áspero. Mas ainda assim a paisagem é bonita. Um tanto agreste, fulminada por aquele sol do sertão. Aliás, o tio, muito sabiamente, trouxe grandes chapéus de palha, que Jean trata de usar, lembrando o conselho do pai: "Não vá curtir ao sol como couro, filho".

Os cavalos conhecem de sobra o caminho, basta simplesmente montar e deixá-los à deriva. Mas os outros são cavaleiros acostumados com a sela. Jean só montara esporadicamente e por poucos minutos. Agora enfrenta uma estrada de terra, cheia de buracos, num cavalo altíssimo, de trote, que o sacode como se fizesse queijo. Ele tenta se equilibrar na sela, entre os risos dos companheiros.

– Firme o corpo, sinhozinho, senão a besta derruba você – diz Roque, simpatizando com o rapaz. Tem uns olhos impressionantes, aquele negro. Como se ardessem, no fundo deles, chamas ancestrais, histórias antigas, telúricas e belas. Às vezes não entende o que ele diz, mas parece amigo.

Horas? São vários dias a cavalo até a fazenda, passando pelo povoado de São Félix, um amontoado de casinhas brancas, encimadas pela torre da igreja e uma pracinha central. Chegam em dia de feira, com produtos desconhecidos por Jean sendo barganhados aqui e ali, por entre o burburinho do povo, a maioria negros e mulatos. O tio explica:

– Os negros são escravos de ganho, sobrinho. Hábeis negociantes, sabe? Entregam uma parte da féria para seus amos, com o resto pagam sua alforria. Já os mulatos são filhos desses libertos e compõem uma classe toda especial, inclusive sendo senhores de escravos. Imitam em tudo os brancos. Olhe lá!

Muito a calhar, em frente deles, um mulato, cheio de pose e vestido ricamente, vergasta com a bengala um escravo carregado com uma enorme cesta de pães:

– Ande, negro vagabundo, venda as suas roscas antes que o pó cubra todas elas de vermelho...

– É o Alaor – diz Roque, rilhando os dentes. – Um cara que enriqueceu com o tráfico de negros de contrabando.

– Isso porque o tráfico está, efetivamente, proibido desde 1854, mas continuam traficando do mesmo jeito, principalmente entre as províncias – completa o tio. – O Sudeste precisa muito de escravos para a lavoura do café, então compra do Norte e Nordeste, onde as lavouras entraram em decadência, as plantações de cana principalmente.

– E o Alaor é o traficante mais conhecido entre São Paulo e

Bahia – continua o Roque. – E tem muitos escravos também. E dizem que é um homem muito colérico, muito sem coração.

– Esqueça, Roque – pede François, procurando acalmar o negro.

– Esquecer, patrãozinho? Ele roubou meu filho, o senhor sabe, ele tinha nascido depois da Lei do Ventre Livre e era um homem livre como o senhor. E esse desgraçado do Alaor roubou o menino, dizendo que era filho sem mãe, e levou ele para São Paulo, pra alguma fazenda de café. Eu ainda pego ele, o senhor vai ver... Até hoje a Josefa, minha mulher, não tá boa da cabeça porque levaram o filho dela embora...

– Não estou entendendo nada disso – intervém Jean, espantado.

– Simples, sobrinho – explicou o tio. – Em 1871 tivemos a Lei do Ventre Livre, a Lei Rio Branco. Todos os nascituros se transformaram em homens livres, e as crianças até 12 anos não podem ser separadas das mães, apesar de que até os 21 anos ainda permanecem sob a tutela do amo. Então, homens como Alaor roubam crianças e as vendem como "filhos sem mãe". Isso em contrabando, entende?

– A Josefa nem queria ter filhos – continua Roque. – Ela usava sempre umas ervas, fazia aborto... Depois dessa lei, ela disse pra mim: "Agora, sim, podemos ter filhos, Roque, porque os nossos filhos vão ser homens livres". E a gente teve um filho, sinhozinho, o Aliara... tão lindo... E vingou direitinho, já tinha 10 anos quando o excomungado do Alaor levou ele.

– Por que você disse "vingou direitinho"? – indaga Jean, admirado também da liberdade com que o escravo conversa e se dirige a François. Pelo visto é um amo bem diferente dos que ouvira contar.

– Ah, as crianças morrem muito, sim, senhor – explica o Roque. – Tem anjo toda hora lá na fazenda, menino não dura até os 7 anos... difícil mesmo. Então a lei... como é que foi mesmo, patrãozinho?

É até gozado chamar de patrãozinho aquele gigante do François. Ele sorri e completa:

– A Lei Rio Branco quis estimular a natalidade escrava. Então, a cada criança que chega aos 8 anos, o dono tem uma remuneração correspondente ao valor de um escravo adulto: uma coisa excelente em termos de negócios. Então, as crianças que sobrevivem também são alvo desses contrabandistas, inclusive porque são as mais fortes, claro.

– Eu pego ele, eu pego ele – resmunga Roque, entre dentes.

– Esqueça, meu velho, você nunca mais vai ver o seu filho.

François bate de leve no ombro do negro. Há tristeza em seus olhos. Decididamente, pensa Jean, esse tio é um amo diferente. Surpresas ainda haverá, com certeza. Ou há um mistério maior em tudo isso?

Nem bem acaba de pensar, chega correndo um negrinho de uns 12 anos, mais claro que os demais e cabelos crespos. Agarra a perna de François, gritando:

– Trouxe o que pedi, pai?

Jean quase cai da sela. Engole em seco e cala-se. Bem a tempo, porque na porteira da fazenda já o esperam mais cinco crianças de várias idades. A mais velha terá uns 18 anos, é uma moça de grande beleza. A pele é de uma cor indefinida, entre o branco e o negro, e os cabelos cacheados e negros caem-lhe em cascatas pelos ombros. François, orgulhoso, apresenta:

– Esta é Mariana, minha filha mais velha. Não é uma flor de linda?

Urge ser bem-educado, apesar do espanto. Jean desmonta, estende a mão para a jovem:

– Seu primo Jean, prazer em conhecê-la. Claro que é linda, tio!

Mariana sorrindo, fica mais linda ainda. E apresenta os irmãos:

– José, Antônio, Helena, Aparício e Rafael. Fez boa viagem, primo?

– Muito boa, só estranhei mesmo foi o cavalo...

– Pois você carece um bom banho de salmoura.

– Por que vocês falam tanto em salmoura? – indaga o rapaz. – Estou até curioso.

– Logo você saberá – responde Mariana, e continua sorrindo. Tem uns olhos fogosos de estrelas gêmeas, parece ter a alma toda naqueles olhos negros.

Mariana monta no seu cavalo, os outros garotos fazem o mesmo. E seguem todos em direção à casa-grande da fazenda, conversando animadamente enquanto cavalgam no trote. Levam muito tempo atravessando as terras, onde negros escravos trabalham na plantação de tabaco. O tio mostra, orgulhoso:

– É a maior plantação de tabaco da Bahia, meu sobrinho. Tirei tudo isto do nada. Era apenas floresta quando cheguei aqui, há mais de vinte anos...

– A mãe tá esperando com uma comida quentinha – diz Mariana, risonha... – Será que ele vai gostar, pai?

– Ah, ele logo acostuma, filha – diz François, com um tom de satisfação na voz.

– Claro, tio, não se preocupe comigo – responde Jean educadamente. Mas tem a boca seca e pensa com seus botões: "Eu só queria ver a cara do pai, se tivesse vindo junto comigo".

Finalmente, depois de atravessar as imensas terras da fazenda, avistam a casa-grande. Uma bela construção branca, com uma varanda cercada de flores coloridas. Sentada numa rede, espera por eles uma mulher de meia-idade, de traços ainda bonitos, que levanta e vem, carinhosa, em direção a François:

– Que demora, meu marido!

Jean já espera, claro, porque conhecera os filhos, mas ainda assim o impacto é violento. A mulher é negra retinta, a pele luzente, de tonalidade quase roxa. Traz argolas de ouro nas orelhas, e os cabelos são bem curtos e crespos. Apresenta todas as características da raça negra: o nariz chato inclusive. É uma linda mulher, em tudo parecida com Mariana. A única diferença é a cor, por causa da mestiçagem. Sorri, simpática:

– Então este é o sobrinho favorito?

– Arminda, minha mulher – apresenta François, abraçando-a. – Trate bem desse garoto, hein, mulher? Quero ele gordo e forte pra tocar esta fazenda pra mim.

– Calculei direito o tempo de viagem – diz Arminda. – A comida está no ponto. Entrem, venham comer. – Enquanto fala, Arminda estende a mão para o rapaz, que cumprimenta a mulher, e entram todos no casarão da fazenda.

Trazem uma bacia com água para que ele lave as mãos e o rosto. O banho ficaria para mais tarde, depois que a fome fosse aplacada.

Que comida estranha! Um caldo grosso de feijão, com carnes dentro... de sabores diferentes e fortes. Servido com arroz bem branco e uma verdura cortada bem fina. E ainda tem um molho ardidíssimo que se põe por cima de tudo e laranjas cortadas em fatias como acompanhamento.

– Gostou, sobrinho? – pergunta o tio, repetindo a porção. Manter aquele enorme corpo não é brincadeira.

– Ótimo! – diz Jean, mas seu estômago roda com aqueles sabores fortes. Terá que se acostumar. Dali por diante aquele será seu lar. Mas que coisa estranha, meu Deus! Ver à mesa aquela mulher negra chamando o tio de "meu bem" e aquelas crianças negras de todas as tonalidades falando "meu pai", "meu primo"? E Mariana?

Arrisca um olhar em direção à prima. Está vestida de branco, as alvas rendas do vestido contrastando maravilhosamente com sua pele de ébano, acetinada, quase transparente. E os olhos, que olhos magníficos! Nunca na vida vira olhos iguais...

Mariana parece ter simpatizado com ele também. É mais nova uns dois anos. O primo puxara a corpulência familiar, a estatura avantajada, mede mais de 1,80 m. Mariana é bem menor, sua cabeça mal alcança o ombro do rapaz. Uma pequena boneca negra, de olhos de estrelas!

François percebe todo aquele enlevo do sobrinho. Brinca:

– Pelo visto, o gosto dos Perrier é muito parecido. Eles sabem onde estão as verdadeiras joias...

Arminda sorri, deliciada. É um poeta, aquele senhor seu marido. E Jean sente que enrubesce, o que não passa despercebido a Antônio, o caçula, que muito sem papas na língua comenta entre uma garfada e outra:

– O primo ficou vermelho, o primo ficou vermelho!

Mariana dá-lhe uns cascudos:

– Coma a sua comida, e deixe o primo em paz! – E volta para ele os olhos iluminados.

Uma pontada de angústia toma o peito de Jean. Vêm-lhe à mente as palavras do velho pai: "Veja lá o que fará da sua vida. Somos uma família honrada. Não me case com qualquer uma...".

O pai sabia de tudo! Como uma fagulha, a verdade entra no seu conhecimento. O velho sabia! Decerto o irmão contara-lhe em carta seu casamento com Arminda, uma mulher negra! Mas o velho se calara, não comunicara nada à família, de tão envergonhado, certamente. E, como o deixara vir, era uma incógnita. Talvez a ambição falasse mais forte. E entre conservar o filho pobre na França e enviá-lo para o Brasil, valia a pena o risco de mandá-lo para a casa desse "louco do François", casado com negra e pai de filhos negros. Só que o velho Jean não previra uma coisa, tão convicto da obediência filial. O velho Jean não sabia da existência de Mariana, aquela flor de ébano.

Quilombos

Depois daqueles dias exaustivos, o sono é profundo e reparador...

Na manhã seguinte, Jean Perrier entende muito bem o que quer dizer banho de salmoura. Assim que tenta levantar da cama, abrindo o vasto cortinado que o protege das muriçocas, até fica assustado. O corpo dói todo, principalmente os ossos da bacia, como se ele tivesse levado uma valente sova.

Entra mancando na sala de jantar, onde a mesa do café já está posta com bolos, queijos e um leite muito branco e gordo, tirado ali mesmo das vacas que o tio mantém na fazenda para uso caseiro. Tia Arminda brinca:

– Não quis tomar banho de salmoura, Jean! Veja só o seu estado. Isso é que dá cavaleiro de primeira água. Nos dias seguintes parece que deu à luz, de tanta quebradeira...

Jean suspira:

– Nem me fale, dona Arminda. – Não consegue chamá-la de tia, engasga-se com a palavra, apesar de achar a parenta simpática e bondosa. – Estou que não posso ficar de pé...

O tio ri alto, tirando uma baforada do charuto:

– Mas que moleza de homem que você está me saindo, sobrinho. Não se aperreie que isso passa. É doença de cabra macho.

O tio fala estranho, pensa Jean. Uma linguagem diferente, ainda mais carregada de sotaque francês. Adotou palavras rústicas, às vezes até mistura os idiomas. O que ele precisa urgentemente é aprender a "língua" do país. Bem a tempo, Mariana lhe diz:

– Papai sugeriu que eu lhe ensine algumas palavras aqui da terra... vosmicê precisa lidar com os escravos da plantação e alguns colonos da fazenda. Podemos começar hoje mesmo, se quiser. Ainda mais que está bambo desse jeito.

– Hoje é que não dá – diz o pai, muito à vontade no seu cadeirão à cabeceira da mesa. – Não vê que o pobre mal pode sentar-se?

É uma risada só. Fica então combinado que a partir da manhã seguinte Mariana dará aulas de português a Jean. Mariana é uma garota culta, lê perfeitamente em francês, teve até mesmo professores na fazenda, para si e os outros irmãos, que ainda continuam seus estudos. Além disso, borda divinamente, o que aprendera com a mãe, Arminda. É a própria Mariana quem conta a história dos pais mais tarde:

– Sabe, Jean, mamãe era escrava liberta de uma grande família de Salvador. Comprou sua alforria com os bordados que aprendera a fazer com a sua ama. Numa das viagens à cidade, papai passou pela banca que ela possuía numa das praças e onde vendia os seus lindos bordados. Os dois conversaram, papai voltou várias vezes com a desculpa de comprar toalhas para a fazenda, acabaram apaixonados e vivendo juntos... isso faz vinte anos!

– Uma história muito comovente – diz Jean, e talvez tenha posto algum tom especial na voz, que a prima percebe.

– Você deve ter ficado muito espantado, não é, Jean? Encontrar seu tio vivendo com uma mulher negra, com filhos também negros?

– Você não é negra, Mariana, você é mulata...

Mariana empertiga o corpo, há quase cólera na sua voz:

– Eu sou negra como a minha mãe. E quem gostar de mim, deverá ter a coragem do meu pai, entendeu? Isso se for homem branco, naturalmente.

Jean quase pára de respirar.

– E você se casaria com um negro, Mariana?

– E por que não? Se eu amasse um homem negro...

– Mas você é filha de fazendeiro rico, grande senhor de terras.

Que homens negros poderiam desposá-la? Um escravo liberto? Nem pensar. Você provavelmente se casará com um branco que ame você suficientemente para...

– Para quê, Jean? – Os olhos da prima brilham como estrelas. – Para enfrentar talvez uma família preconceituosa que não queira sangue negro nos netos que virão?

Um calor sobe pelo rosto de Jean, ele fica sem fala. Como ela adivinhara tudo? Tamanha perspicácia em moça tão jovem. De aparência tão gentil, mas já uma mulher, na plenitude da maturidade.

Os dias agora se sucedem rápidos. Jean, quando não está tendo aulas com Mariana – gentil e meiga professora, além de muito competente –, cavalga pela fazenda ao lado do tio, para conhecer melhor as terras. Fica impressionado com o que vê. Há centenas de escravos trabalhando na plantação de tabaco, apesar de haver também colonos brancos ou mestiços que vivem em pequenas casas, como arrendatários. François – como Jean logo descobriu – é um senhor como tantos outros senhores de escravos, exigente e implacável! Os escravos rebeldes são chicoteados, amarrados ao tronco, ou acorrentados com instrumentos de suplício... inclusive as terríveis máscaras de ferro que ocasionam às vezes ferimentos mortais. No Norte e Nordeste, como também ouvira comentários, a escravidão diminuíra sensivelmente. Alguns Estados do país até a haviam abolido, substituindo-a pelo braço livre. Fazendas como a de François, com tantos escravos, são realmente exceção, pois o eixo da escravatura se deslocara para o Sudeste, para as grandes plantações de café, que vivem do tráfico interprovincial de negros e mesmo do contrabando de crianças roubadas, como no caso de Aliara, o filho de Roque.

É numa dessas andanças pela fazenda que encontram o escravo dirigindo uma turma de negros. Roque anda pelos 50 anos, mas é ainda de grande robustez. O homem de confiança do patrão.

– E a história da sua vida, Roque? Você prometeu contar no dia em que eu cheguei e até agora nada.

François entra na conversa:

– Vá lá na sede na hora da sesta, Roque, e conte de uma vez essa história aqui para o sobrinho. Vale a pena ele ouvir.

– E o sinhozinho não dorme a sesta, não?

– Ah, este aqui ainda é das Europas – troça François –, mais um pouco ele entra nos nossos costumes.

Depois do almoço a família toda faz a sesta por causa do calor. Abrem os grandes cortinados e dormem por duas horas até o sol baixar. Jean ainda não assimilara tal costume. E é justamente na hora em que todo o casarão dorme e ele está muito à vontade na rede do terraço, olhando o joão-de-barro fazer o ninho na árvore do terreiro, que surge Roque, sereno como sempre, rodando o chapéu nas mãos:

– Incomodo, patrãozinho?

– Estava esperando você, Roque, venha aqui, vamos conversar.

Roque sobe as escadas que dão para o terraço e a um sinal do moço senta num banco que há por ali. É um homem de muita dignidade pessoal, pensa Jean. Não tem aquele ar submisso de um escravo comum. Alguma coisa nele é diferente dos demais, aqueles negros suados que labutam horas sob o sol ardente, no plantio do tabaco.

– O que o patrãozinho quer saber?

– Tudo. Sua história me parece muito interessante. Como é que você veio parar nesta fazenda do tio?

O negro suspira:

– Ah, é uma história antiga, sinhozinho...

– Pois me conte, meu velho.

– O sinhozinho tem tempo?

– Todo o tempo do mundo, vamos lá!

Roque olha pro horizonte, o céu iluminado ao sol do meio-dia, a pino, como um grande archote no céu. E começa a contar, na sua voz cadenciada:

– Uma parte meu sinhô já lhe contou, lembra? Que meu avô, Namonim, foi um grande rei ioruba, na África. Lá, ele foi vencido numa batalha entre as tribos inimigas, e se matou com uma lança só para não cair prisioneiro. Mas Ajahi, meu pai, que era o herdeiro do trono, foi levado para o porão de um navio negreiro e trazido como negro escravo para o Brasil, justamente aqui para a Bahia, em Salvador, no mesmo porto onde o sinhozinho branco atracou dias atrás...

Jean mal pisca.

– Já pensou, que loucura? Um filho de rei, trazido como escravo... E ele não se conformava, lógico.

– Se conformava não, sinhozinho – continua Roque, os olhos brilhando de emoção. – Ele jurou lá mesmo no porão do navio negreiro que nunca, nunca ia se conformar em ser escravo, porque nascera homem livre. Então, logo que chegou ao Brasil e foi colocado no depósito de negros jovens, já começou a conspirar com outros companheiros que aqui eles chamam de nagôs piolhentos e que entendiam a língua dele, o ioruba.

– E pra quem ele foi vendido? – indaga Jean, curioso.

– Ah, ele teve sorte. Não foi para plantação de cana nem de tabaco, onde, o sinhozinho sabe, morre muito negro, dura quando muito cinco anos, por causa das doenças... nem foi pras minas de ouro e diamante, não, onde também morre muito escravo. Ele foi comprado por um fidalgo de Salvador que tinha muitos escravos de ganho.

– Que diabo é isso? – pergunta Jean, se acomodando melhor na rede; desde criança ele é louco por histórias. Gosta até de escrever, e pretende fazer um diário das suas andanças pela América, perdido nessa fazenda no Nordeste do Brasil.

O negro ri.

– Sinhozinho explicou, vosmicê esqueceu. Escravo de ganho é quando o senhor manda a gente mascatear na cidade, entendeu? Vendendo quinquilharia, comida, ou tendo uma profissão. Pode ser barbeiro, carregador de cadeirinha, padeiro, marceneiro. Tem até escrava de ganho que é prostituta...

– E o amo fica com o resultado de tudo – admira-se Jean.

– Uma parte grande, sinhozinho. Mas o escravo de ganho leva uma vantagem: pode morar onde quiser, desde que pague essa parte no ganho. Então ele se sustenta e ainda guarda um dinheirinho pra comprar a própria alforria, economizando pataca por pataca, anos a fio...

– Mas isso deve levar tempo, não é? Anos...

– Sabe quanto tempo levou o meu pai, o Ajahi, para comprar a sua liberdade, ser um negro liberto? Sete anos, sinhozinho, sete anos! Mas ele não desistia, não. Era vendedor e como era um negro bonito e ladino, que sabia levar a freguesia, vendia muito bem. Depois de sete anos comprou a alforria dele e virou liberto.

– Então ficou um homem liberto, que maravilha! – exclama Jean, tomando um refresco que uma escrava doméstica acabara de deixar sobre uma mesa, ao alcance da sua mão.

Roque franze o rosto.

– Mais ou menos, sinhozinho. Ficava livre, sim, mas tinha uma lei, sabe, que, se o senhor cismasse com qualquer coisa que o liberto fazia, podia deixar ele escravo de novo. Então era uma liberdade assim meio safada, sabe? Porque o liberto votava nas eleições que eles chamavam de primárias, mas tinha sempre de votar nos candidatos do antigo senhor, senão, já viu, escravo de novo.

– Então nada mudava, não é, meu velho? – Jean sorri tristemente, condoído. – Provavelmente os libertos votavam em candidatos escravistas que defendiam as propriedades dos senhores de escravos...

– Isso aí, sinhozinho, o moço é mesmo inteligente.

– E o seu pai, o Ajahi, o que ele fazia?

– Ah, o meu pai era um grande líder da raça, sim, senhor. Ele tapeava o amo dele direitinho, fingia que estava assim bem sossegado, vendendo as quinquilharias, mascateando na praça. Mas tava é fazendo a maior conspiração, isso porque, logo que chegou aqui, ele se juntou com um mestre corânico chamado Sanim e começaram a converter os outros negros.

– Mestre corânico, que é isso, Roque?

– Um chefe da religião muçulmana, sabe? Ajahi, meu pai, era um negro muçulmano, e entre eles não pode haver escravos, entende? Eram os negros malês – Roque baixa a voz –, que fizeram muitas revoluções aqui na Bahia, em Salvador. A última foi em 1835, eu ainda nem tinha nascido, estava na barriga da minha mãe, a Gangara. Mas delataram os negros, meu pai foi preso e torturado, não falou nada, porque era muito corajoso. E acabou fuzilado com outros quatro companheiros.

– Que história trágica – diz Jean. – Então você nem conheceu seu pai?

– Não, senhor. Minha mãe fugiu de Salvador, porque tavam matando todo negro que encontravam, muçulmano ou não, foi uma hora terrível, sabe? Então ela foi para um quilombo que tinha nas matas da Bahia, e foi nesse quilombo, chamado Urubu, que eu nasci.

Uma grande amizade

A conversa está ficando cada vez mais interessante... Jean até senta na rede.

– Me conte, meu velho, tudo sobre os quilombos... ouvi falar deles na Europa. Verdade que são verdadeiras cidades na mata?

Roque sorri, lembrando:

– A gente fala de um quilombo, mas na verdade eram vários. Quando ficava muita gente, construíam outros por perto, sempre defendidos pelo quilombo principal. O quilombo onde eu nasci era muito organizado, sim, senhor...

– E tinha um chefe, um rei?

– Tinha, sim, que vivia numa casa muito bonita, com seus criados e suas mulheres. A vontade dele era lei, e ele mandava pela vida inteira, sabe? E os negros e os brancos do quilombo entregavam uma parte da colheita pra sustentar o rei e os que serviam ele.

– Você disse brancos? – indaga Jean. – Havia brancos nos quilombos? Pensei que fossem apenas negros fugidos da escravidão...

– A maioria era de negros mesmo, mas havia alguns brancos que tinham problemas aqui fora, eram perseguidos pela justiça do branco e então pediam asilo no quilombo. Havia índios também...

– E como o quilombo subsistia, meu velho? Vocês tinham lavoura?

– A gente tinha tudo ou quase tudo de que precisava, sinhozinho – continua Roque. – Plantava muito e colhia bastante. Até sobrava pra vir trocar aqui fora com alguns amigos que a gente tinha. Trocava por sal, munição, arma de fogo. Se não conseguia assim, a gente também pilhava as fazendas e cidades dos brancos e aproveitava e libertava outros tantos negros que iam embora pro quilombo.

– E nunca eram apanhados nessas pilhagens? – Jean está cada vez mais curioso.

– Às vezes, sim, mas os negros eram ladinos, sinhozinho. Armavam tocaia nas estradas onde passavam tropas de ouro, ou de mercadorias que interessavam e a gente não produzia. Às vezes a tropa reagia, às vezes ficava com medo e entregava tudo de mão beijada. E depois a gente voltava para o quilombo porque lá era difícil chegarem as tropas...

– Por que difícil? Eles tinham tropas, armas...

– Mas o quilombo era muito bem defendido, menino – explica Roque sorrindo, triunfante. – A gente fazia uma cerca grande, depois outra e outra, e cavava fosso entre elas. E tinha ponta de lança por toda parte; se o branco se livrava de uma, caía em outra. O quilombo ficava bem lá atrás, escondido no meio da mata. Teve quilombo como o meu que ficou trinta anos escondido na mata e ninguém descobriu.

– Ué, e como você veio parar aqui, na fazenda do tio François?

– Pois a história é comprida, seu moço. – Roque esfrega as mãos todo importante. – Tem paciência de ouvir ela toda?

– Mas claro que tenho. Estou cada vez mais curioso. Que coisa maluca tudo isso...

– Pois um dia – continua o Roque, se acomodando melhor no banco do terraço – eu vim, já mocinho, com uma turma pilhar aqui a fazenda do sinhô branco. E, quando a gente já ia voltando, ouvi gemido no meio da mata e curioso fui olhar...

– Arriscou a pele, hein, companheiro?

– Mas eu fiquei com pena, sabe, minha mãe sempre dizia que não se abandona um companheiro ferido e podia ser algum dos nossos. Foi aí que eu dei com o sinhô branco picado de cobra venenosa, segurando o braço e gritando de dor... enquanto os meus companheiros me chamavam pra fugir pro quilombo.

– E você fez o quê? – Jean tem os olhos arregalados de espanto.

– Eu fiquei com pena do homem, eu conhecia aquela peste de cobra que mata sem dó. Só salva se a gente puxa o veneno com a boca, como tinha me ensinado um feiticeiro velho lá do quilombo... Então peguei o braço dele, fiz um talho em cruz com a ponta da faca e chupei o veneno.

– E ele viveu...

– Pois num tá aí, forte que nem um touro? Corri de volta pro quilombo e deixei o homem lá estendido na mata.

– Mas por que você salvou a vida do homem branco, se eles mataram seu pai, obrigaram você a viver escondido com a sua mãe a vida inteira? Por que não o deixou morrer, como queriam os seus companheiros?

Roque suspira fundo:

– Sei lá, sinhozinho, sei lá. Me deu pena do homem ali sofrendo a mordedura de cobra venenosa. Mas voltei pro quilombo e esqueci dele. Mas tempo depois saí novamente pra pilhar um armazém de branco e não dei sorte, fui apanhado e levado todo acorrentado pro mercado de escravos novos. Eu era forte, taludo, daria um bom negro pra plantação de cana ou de tabaco...

– E daí? Você foi vendido como escravo, Roque?

– Fui, sim, senhor, pra um homem muito ruim que me botou na lavoura debaixo do sol quente. Mas aí fui eu quem deu sorte. O tal do meu patrão era compadre do sinhô François, e um dia, de visita à fazenda, quando ele passava pela plantação, a cavalo, eu reconheci ele e gritei:

– Curou mesmo, hein, sinhô? Nem cobra pra lhe matar...

– Nossa! E ele reconheceu você, Roque?

– Reconheceu, ainda mais que eu tinha falado na cobra, que ninguém sabia, só nós dois. Então ele fez uma oferta muito alta e me comprou naquele dia mesmo, deixando o amigo dele até admirado daquele interesse dele por um escravo como os outros.

– Então foi assim? – Jean sorri. – Que história mais bonita, Roque. Quantos anos você tinha?

– Ah, eu era bem moço. – E o negro também sorri. – Seu tio tem esta fazenda aqui faz mais de vinte anos. Eu tinha isso também. Foi aqui que eu conheci a minha mulher, me casei e nasceu meu filho, o Aliara, que aquele lazarento do Alaor roubou e levou pra São Paulo.

– Você tem certeza que foi o Alaor? – pergunta Jean, compadecido.

– Certeza absoluta, sinhozinho. E só não acabo com a raça dele porque o sinhô pediu e a gente é muito amigo. Não quero deixar o sinhô em maus lençóis. Mas não perdi a esperança de achar meu filho. Tão falando muito em abolição da escravatura, sinhozinho não ouviu não?

– Tão falando, sim, Roque. Você gostaria de ser livre, não é?

– Gostaria, sim, menino. Principalmente porque eu ia poder ir pra São Paulo procurar o meu filho. Sinhô branco sempre pede paciência, mas é fácil pra ele falar, não é o filho dele.

A casa começa a se movimentar, o pessoal desperta da sesta. O sol baixara um pouco no horizonte, e o calor abrandava. Roque pega o chapéu, se despede:

– Outro dia a gente conversa mais, patrãozinho. Agora tenho de ver como anda a lavoura...

Sai, pisando leve, deixando Jean pensativo. Que dura ferida carrega no coração o velho Roque. Preso entre a amizade com o patrão que lhe pagara uma dívida de sangue, pois que vive quase como homem livre ali na fazenda, negro de confiança, e a saudade do único filho, vendido como escravo – embora nascesse homem livre – nos cafezais do sul do país. Mas Roque é *quase* livre, não é livre. Porque se fosse livre mesmo já estaria na estrada, em direção ao Sul...

Mariana chega ao terraço, linda como uma flor. Convida:

– Vamos à aula, primo? Olhe que você está ficando muito bom na nossa língua...

– Graças à mais linda professora que este sol já viu – replica Jean, galanteador.

Felizes da vida, vão ter a aula de português num quiosque construído bem longe da casa-grande, com uma mesa e vários bancos de madeira escura. Tudo é pretexto para estarem juntos e isso já não passa despercebido à família. Arminda comentara com o marido:

– Não duvido nada que acabem casando...

François, porém, mais realista, tem suas dúvidas:

– Nada me daria mais prazer, Arminda. Mas meu irmão é um homem muito duro. Tenho medo que estrague esse amor todo entre Mariana e Jean.

– Você não ficou comigo, meu bem? – retruca candidamente Arminda.

– Eu sou eu, meu amor. – François sorri tristemente. – E paguei o preço que você sabe, a família nunca mais quis saber de mim.

Os olhos de Arminda turvam-se de lágrimas.

– Está arrependido?

François abraça-a forte.

– Nunca me arrependo do que faço, meu amor, você já devia me conhecer bastante pra saber disso. Fiquei com você porque eu a amava e continuo amando. Não me importa se sou branco e você negra, somos felizes, temos os filhos mais bonitos e saudáveis do mundo... a gente é como se fosse casado mesmo.

– Pois venha comer aquela canjiquinha de que você tanto gosta, que saiu agorinha do fogo – convida, carinhosa, a mulher.

Entram abraçados na casa-grande. Lá no quiosque, Mariana continua a ensinar português, e, sem se dar conta, ensina também outra matéria: amor. Jean não tira os olhos dela... até que ela percebe e ralha:

– Olhe para os cadernos, primo. Ou não aprenderá nada olhando para o meu rosto...

– Pelo contrário, prima, olhando para você, eu aprendo a coisa melhor do mundo.

– E o que é a coisa melhor do mundo? – pergunta ela, se fazendo de boba.

A resposta é um beijo de surpresa naqueles lábios polpudos. Mariana se desvencilha rápida, o rosto afogueado de emoção e espanto.

– Não faça coisa de que você possa se arrepender depois.

Mas Jean a abraça com força. E vem dele um fogo, quase febre, que a contagia pouco a pouco. Ela ainda tenta controlar-se. Mas os lábios de Jean continuam a procurar os seus, e tudo nela explode em desejo e paixão, os corpos fundidos num só, na ânsia da mútua entrega...

O sol já baixava no horizonte, quando finalmente saem do quiosque. Mariana está pálida e Jean visivelmente contrafeito. Ela entra rapidamente na casa, enquanto o rapaz queda fumando no terraço, seus pensamentos no maior turbilhão dentro da cabeça. E agora? O que tinham feito, meu Deus?

O vozeirão do tio tira-o do marasmo:

– Que cara, homem! Parece que viu lobisomem!

Enquanto isso, Roque encerra o turno da tarde com os negros na lavoura... Suados, famintos, curtidos do sol inclemente, dirigem-se para as senzalas, os fétidos barracões onde vivem. Não há higiene alguma, por isso morrem de todo tipo de doenças, principalmente as crianças. Isso acontece em toda parte do país. Roque se pergunta se não trairia sua raça, concordando em viver na sua cabana, na floresta, afastado de todos e levando uma vida de relativa paz. Gostaria de poder livrar seus companheiros do implacável Eleutério, o feitor de escravos, sempre de bacalhau na mão o temido chicote de muitas pontas –, cada açoite representando muitos riscos de sangue na pele do infeliz que caísse em desgraça. Mas isso não é tudo: há ainda o libambo, o ferro de marcar, as palmatórias que deixavam as mãos em chagas, e outros tantos instrumentos de aviltamento e tortura, como aquele chamado ironicamente de "anjinho"...

Isso não lhe sai da cabeça enquanto volta, em direção a sua choça, dentro da mata. Lá ele cultiva uma pequena roça para sua subsistência. É então que ele vê: o cavalo pasta enquanto o homem geme, caído no chão. Roque se aproxima curioso... é Alaor, que, segurando uma das pernas, suplica, a voz embargada pela dor:

– Este matungo desgraçado me derrubou. Por favor, negro, me ajude, lhe dou uma moeda de ouro... estou com a perna quebrada, me ponha na sela novamente ou peça ajuda... duas moedas de ouro, três... o que você quiser!

Os olhos de Roque raiam de sangue... um homem de perna quebrada na mata. Logo escurecerá, e há animais ferozes por ali que sentirão o cheiro de sangue, escorrendo da perna ferida nos espinhos...

– Me ajude, negro, dez moedas de ouro, pelo amor de Deus!

Roque vira as costas sem uma palavra. A noite se aproxima a galope... os esturros das onças já se ouvem no fundo da mata, pondo um terrível espanto nas sombras que chegam, céleres, das copas das árvores...

Entra na casa, onde a mulher esquenta a sopa, no fogão de pedra. Acende o pito de barro... e fica, ouvidos atentos, à espera...

O treze de maio

O tempo passou. Jean agora fala razoavelmente a língua do país e transformou-se num eficiente capataz da plantação de tabaco de seu tio François Perrier, que se acha satisfeito com ele.

Jean e Mariana estão cada vez mais apaixonados, mas o rapaz reluta em tomar uma decisão, porque sabe a opinião do pai a respeito de um casamento desse tipo. Mas os fatos se precipitam... pois um dia Mariana chama-o para um passeio pela fazenda e, quando estão bem longe da casa-grande, ela lhe diz:

– Estou grávida, Jean, o que vamos fazer?

O rapaz fica lívido. Já há algum tempo que pensa em tal hipótese, pois as aulas de português se transformaram em aulas de amor. São jovens e se amam. Mariana apenas olha para ele, os olhos líquidos e meigos à espera de uma resposta.

– Ora, caso com você, lógico!

– Lógico? – Uma sombra perpassa pelos olhos da namorada.

– É o que você ouviu, lógico. Não posso deixar você numa situação dessas, o que diria o tio, que me acolheu com tanta hospitalidade?

– E seu pai?

– Que tem ele? – Jean engole em seco. Tem a boca amarga como fel. O pai aceitará uma nora negra? – Papai está do outro lado do mundo e o problema está aqui, agora. Eu amo você, Mariana. A gente acabaria se casando de um jeito ou de outro.

Mariana franze a testa e responde, rápida:

– Quero muito casar com você, Jean, porque o amo de todo o coração. Mas não gosto do seu jeito de falar, parece que você está sendo obrigado a isso. Pense muito bem. Quero um marido amoroso, não um companheiro que casou por obrigação.

O rapaz toma-a nos braços:

– Vamos falar com o tio agora mesmo. Ninguém precisa saber de nada. Pra que magoarmos os outros? Nos casaremos e seremos muito felizes.

O pedido de Jean é recebido com muita alegria pelo casal. Uma luz brilha nos olhos de Arminda quando abraça Jean:

– Vocês têm a minha bênção, filho!

Desconfiaria de alguma coisa a sua intuição feminina? Estaria já o corpo de Mariana mudado de alguma forma? É sábia a tia, tem um senso incomum para perceber os fatos. Mas tudo se resolveria a contento. François estreita Jean num abraço que até suas costelas doem.

– Ganho mais um filho. E quero netos logo, hein?

Mal sabe que o neto já está encomendado. Nasce sete meses depois do casamento, mas é dado à conta de prematuro. Aliás, oportunamente a mãe também era. Jean está feliz, Mariana também. Formam um lindo casal que se ama muito.

Fala-se cada vez mais em abolição da escravatura e seus ecos chegam até a fazenda dos Perrier. Há quem diga que isso nem será preciso, porque morrem tantos escravos – e o tráfico estava proibido efetivamente desde 1854 – que logo a morte acabará por libertá-los. Entre 1831 e 1850, meio milhão de africanos chegaram, principalmente para as províncias cafeeiras do Sudeste. E agora, em 1884, possivelmente esse meio milhão já está todo morto. No início do século eles eram 50% da população brasileira, agora serão quando muito 5%. Acontece que a vida média do negro é de cinco anos na lavoura da cana e três na de café! E as crianças, essas morrem quase todas até os sete anos de idade. Já a população branca crescera, aumentara mais de trezentas vezes.

François simpatiza com os abolicionistas. E se inflama quando o assunto é a escravidão:

– Não gosto de ter escravos. Serei o primeiro a libertá-los quando vier a lei. Ela não demora, podem crer. Prefiro mil vezes ter trabalhadores livres aqui na fazenda.

Ao que Arminda retruca, numa lógica irrespondível:

– Então por que não liberta os escravos agora mesmo?

François finge tirar uma baforada do seu charuto. Claro que entre a teoria e a prática vai uma grande diferença. De qualquer forma sempre foi um senhor tradicional. Na sua fazenda há troncos, chibatas, ainda mais que quem lida diretamente com os negros é o feitor Eleutério, homem cruel e vingativo. François faz vista grossa a tudo isso.

– E que farão os negros todos se forem libertados, tio? Sairão por aí, à procura de emprego. Provavelmente morrerão de fome pelos caminhos...

– O eixo da economia deslocou-se para o Sudeste – diz François –, a cana foi a grande riqueza do Brasil, agora cedeu lugar ao café. Muitos dos nossos escravos foram roubados e contrabandeados para lá, como aconteceu com o filho do Roque, o Aliara, raptado ainda muito criança. Cada vez existem mais colonos brancos nas lavouras, mas a grande mão de obra ainda é o negro. Acho que muitos preferirão ficar onde sempre viveram ganhando um salário a sair por aí, como você diz...

– Isso se os senhores quiserem pagar os negros – replica Jean –, porque podem dar preferência a esses colonos brancos que começam a chegar de vários países da Europa. Acho que, se vier a abolição, muitos negros vão querer também ir para as cidades, onde formarão, claro, a escumalha.

– Não se esqueça, sobrinho, de que há muitos negros libertos que são artesãos de grande habilidade. As cidades estão cheias deles, mesmo de escravos de ganho postos a render, pagando uma pataca por dia a seu senhor. A abolição virá, pode crer, é só questão de tempo...

— Sabe o que eu acho de tudo isso? — retruca Jean. — Que enquanto interessar ao homem branco, proprietário de terras, que continue a escravidão, ela continuará. Só quando os negros forem realmente um ônus para o patrão, por envelhecerem ou serem pouco produtivos, é que essa tal abolição eclodirá... Veja bem, tio, não se importam mais negros, a natalidade continua pequena, e escravos velhos e improdutivos não interessam a ninguém.

— Os senhores do café foram presos na armadilha que eles mesmos prepararam com a criação daquela lei que determina que todo escravo precisa ser registrado — ironiza o tio. — Mas como o tráfico fora proibido teoricamente em 1831, era preciso que o escravo tivesse nascido antes dessa data. Então automaticamente foram acrescentados aos negros muitos anos. Agora, se a Lei Dantas passar, escravos, digamos, com 40 anos, terão no papel 58, e receberão uma indenização muito menor do que seu real valor no mercado. Não creio que essa lei passe, é contra os interesses dos escravocratas do café.

— E que acontecerá, afinal, tio? — Jean está interessado. — Lutarão simplesmente pela abolição? Isso vem ao encontro do que eu disse. Que a abolição virá, quando realmente o senhor branco achar que lhe é conveniente...

François sorriu.

— Moço sabido que o meu irmão me mandou. É isso mesmo, menino. Com muitos escravos velhos pra sustentar, não haverá interesse em conservá-los. O pouco que a morte não matou, terá a sua liberdade, logo, logo... não porque conquistaram essa liberdade, desunidos que são, mas porque não há mais interesse na escravidão, pura e simplesmente.

Dito e feito, a Lei Dantas não passa.

É arquivada por pressão dos senhores de escravos, que se sentem prejudicados. Logo mais passa a Lei Saraiva-Cotegipe, conhecida como a do "Sexagenário", que se propõe a indenizar regiamente os cafeicultores e ainda incrementar a imigração.

O tempo corre. Jean e Mariana agora têm três filhos, o primogênito Michel e duas meninas para quem a avó faz questão de escolher o nome, dizendo:

– Chega de nome francês na família. Vamos dar a elas nomes bem brasileiros. – Uma se chama Marlana e a outra, Cajuína.

Os garotos são a grande paixão de Roque, que envelhece com o velho sonho: encontrar o filho Aliara... É Roque quem chega correndo, certa manhã de 1888, gritando como louco, enquanto sobe as escadas da fazenda:

– Seu Jean, seu François, notícia do Rio de Janeiro. Acabou a escravidão, acabou a escravidão...

É quase hora do almoço, a família está toda reunida na grande sala do casarão. François parece espantado.

– Que berraria é essa, Roque?

O negro agita um papel no ar.

– Foi o Ninito quem trouxe, pegou no telégrafo, lá na cidade... a princesa assinou a lei, não tem mais escravo no Brasil, sinhô.

– Deixe ver isso.

François, já rodeado pela família, lê o papel. A notícia é verdadeira. A princesa Isabel, então regente do Império, assinara a Lei Áurea, em 13 de maio de 1888, dando fim, pelo menos teoricamente, à escravidão no Brasil.

– Dê a notícia aos outros negros – diz François, suspirando fundo. – E seja o que Deus quiser... eu já esperava por isso.

Roque sai voando em direção à lavoura, onde os negros trabalham na plantação de tabaco. Logo mais se ouvem gritos e um alvoroçado som de batuques ecoa pela fazenda toda, pondo uma vibração estranha no ar...

Arminda abraça o marido.

– Triste, meu velho? Você não se disse sempre um abolicionista? Agora chegou a hora de provar. Quero ver alegria nos seus olhos.

François suspira:

– Tem razão, Arminda, devo ficar alegre. Sempre esperei por esse dia, pois não tinha coragem de tomar a iniciativa de libertar meus escravos. Vamos lá falar com eles... resolver de uma vez por todas.

Dirigem-se aos campos, de onde já voltam os negros, na maior euforia. Abraçados, cantam e dançam, tendo Roque à frente... François vai logo falando:

– Estou contente por vocês, de hoje em diante estão livres. Os que quiserem ficar e trabalhar na fazenda serão meus empregados com salário. Espero que não haja ressentimentos entre nós.

Roque toma a palavra, líder natural de todos eles:

– Deixe passar a alegria da notícia, patrão. A gente conversa depois. Acho que vai ter muita gente querendo ficar por aqui mesmo, em vez de sair com a família por aí, procurando emprego...

– E você, Roque, você ficará também? – pergunta Jean.

Um clarão brota nos olhos do negro.

– Eu não, sinhozinho, eu vou para o Sul. Procurar o meu filho Aliara...

– Mas você nem sabe se ele está vivo ainda... se está por lá mesmo!

Roque passa a mão na cabeça de Michel, que olha tudo, curioso:

– Se lhe tivessem roubado o seu filho, o senhor não ia também? Pensa que coração de negro é diferente?

Jean abraça o velho negro.

– Desculpe, Roque, falei bobagem. Você tem todo o direito de ir... e quer saber de uma coisa? Eu tenho muita vontade de ir também.

Mariana sente um baque no coração. Há tempos que sente o marido melancólico, triste quase. Que se passa com ele? Não está tão bem ali na fazenda, gerindo tudo quase como senhor, o pai, cada vez mais velho, deixando tudo nas mãos do genro e sobrinho?

– Você vai me abandonar, Jean, agora que tudo aqui desmorona? – a voz do tio corta-lhe os pensamentos.

– Faz cinco anos que estou aqui, tio, sinto-me insatisfeito. Quero conhecer mais deste imenso país.

– Mas o que lhe falta? Você constituiu família, tem filhos, vivemos na maior harmonia... justo agora que tudo desmorona, você me abandona também.

– Talvez seja meu temperamento aventureiro – continua Jean. – Mas fique sossegado, meu tio, não é pra já. Vamos pôr ordem na fazenda, ver com quantos trabalhadores podemos contar. Só quando tudo estiver arranjado é que partirei...

O coração de Mariana fica miúdo dentro do peito. Ele dissera:

partirei... Será hora de cobranças? Cala-se, as lágrimas a custo contidas, querendo rolar, os soluços presos na garganta. Ele partirá mesmo, sozinho, ou estará em seus planos levar a família toda, ela e os filhos?

Os olhares dos dois cruzam-se por um instante breve. E ela sabe, melhor do que por quaisquer palavras, que a decisão já fora tomada havia longo tempo...

– Eu ficarei esperando por você... – ela diz, e seus olhos choram.

François parece muito aborrecido. Não esconde seu desgosto:

– Que está dando na sua cabeça, meu sobrinho e genro? Abandonar assim sua família, se mandar para o Sul... já não está rico o suficiente? Quando eu fechar os olhos, isto tudo será de vocês e dos seus filhos.

Arminda toca de leve no braço do marido:

– Ele tem o mesmo sangue aventureiro que você trouxe nas veias, meu marido. Deixe o rapaz ir. Quando sossegar, ele volta...

– Tinha sangue aventureiro, sim – continua o tio, inflamado. – Mas, depois que criei família, nunca a abandonei, não foi? E se não estivéssemos aqui para cuidar de Mariana e das crianças? Ele as abandonaria à própria sorte... Você me desaponta, rapaz, nem parece o mesmo Jean.

– Claro que seria diferente, tio – apressa-se a dizer Jean. – Então eu pensaria duas vezes, claro.

– Então pense duas vezes agora, homem, e fique. – O tio sacode-o forte como se ele fosse um galho de árvore cheio de frutas maduras.

– Sossegue, tio, não é para já. Disse e repito: só partirei quando tudo estiver em perfeita ordem. Quero me sentir um pouco livre por aí...

Os olhos de Mariana choram, calados. Os filhos se põem a gritar. Parece que já entendem tudo, apesar de pequenos. Ele mesmo não sabe o porquê de tanta aflição; ou saberá? Tem medo de olhar para Mariana, aqueles olhos dizem coisas de mais. Coisas que ele precisa esquecer. Ainda há dias recebera carta do pai, já muito velho, que escrevera de Paris:

– Quando é que você se casa com uma moça branca e me dá os netos que me prometeu?

Escondera a carta como escondera as demais. Nunca contara ao pai. François também pouco escrevia ao irmão e, talvez movido por secreta inquietação, também não fizera menção ao casamento. Proteção à filha, talvez, do irmão que ele sabia preconceituoso e quase senil. Ou talvez esperasse que o sobrinho o fizesse. Havia sempre uma secreta vigilância no olhar do tio, uma censura oculta, como se dissesse com todas as palavras: "Por que se casou, afinal, se não estava pronto para assumir?".

O novo eldorado

É uma manhã ensolarada quando partem... Jean beija os filhos ainda adormecidos, despede-se da mulher, que fica ali, na porta da casa-grande, olhos secos, como se tivesse chorado já todas as lágrimas... Na curva da estrada, ainda enxerga seu vulto, envolto num xale negro.

Os cavalos trotam pela estrada poeirenta. São trinta cavaleiros ao todo: Jean e mais vinte e nove ex-escravos da fazenda do tio. Entre eles, sempre como um líder dos negros, está Roque, com seu sonho de encontrar o filho nos cafezais do Sudeste.

Jean emparelha o cavalo com o do negro.

– Acha mesmo que vai encontrar o seu filho, Roque?

Um sorriso passa pelos lábios do homem.

– Não me chame mais de Roque, patrãozinho. Meu nome agora é Uesu, que era como me chamavam no quilombo, onde nasci livre...

– Uesu – murmura Jean. – Soa bem. E quanto ao seu filho?

– Parece brincadeira, né, patrãozinho? Eu indo em busca do meu filho, e o senhor deixando os seus com sinhá Mariana, na fazenda...

Uma sombra passa pelos olhos do rapaz, que desconversa:

– Vão ser muitos dias de viagem até o Espírito Santo... será que os cavalos aguentam?

– Lembra quando o patrãozinho chegou das Europas e ficou de molho nos dias seguintes, da quebradeira do trote do cavalo? E o seu tio, muito gozador, dizia pra gente, na véspera da sua chegada: "Arrume um bom de trote pro rapaz saber logo que a vida aqui não é moleza...".

– Ele disse isso? Eta tio François – Jean cai na risada. Agora está um perfeito cavaleiro, poderia cavalgar muitos dias sem ter problema algum. Antes os problemas todos fossem esses. Não consegue esquecer o olhar triste de Mariana na hora da partida. Aquele olhar varara o seu coração como flecha envenenada.

– Eu volto pra você e pras crianças – dissera ele, abraçando a mulher e os filhos. – Só preciso de um tempo, você entende?

Talvez tia Arminda desconfie da verdade... ela com certeza sabe de tudo. Abraçou-o suave, como sempre:

– Vá com Deus, Jean, e volte com Deus. Ficaremos todos à sua espera. É melhor partir agora que ficar se amargurando pela vida toda...

Agora, na estrada que os leva ao Espírito Santo, Jean se pergunta a que viera, afinal. Vive feliz com Mariana, ama a mulher e os filhos, mas alguma coisa dentro dele pede mais... seria agora ou nunca! Talvez seja o mesmo sangue aventureiro que o fizera viajar da França para um Brasil desconhecido, àquela plantação de fumo quase no meio da floresta... ele descobriria, por Deus que descobriria.

A cavalgada dura muitos dias, quase um mês. Finalmente, depois de enfrentar os maiores desconfortos, sob chuva e sol, chegam ao seu destino. Ou pelo menos ao destino de uma parte deles. O café é a principal fonte de renda das províncias do Sudeste. Alastra-se por todo o vale do Paraíba, alcançando o Rio de Janeiro e Minas Gerais. E, a partir de 1860, galopa para o interior de São Paulo, plantando novas vilas e cidades na esteira de sua riqueza.

Vários dos homens que o acompanham se instalam numa fazenda próxima de Vitória, como trabalhadores assalariados. Os negros livres veem-se prejudicados, no sul do país, pela imigração de colonos europeus, principalmente italianos, que desde a segunda metade do século começaram a chegar, inclusive financiados por dinheiro que se destinava à indenização de senhores de escravos, para comprar a alforria e libertá-los. Assim, o negro se tornara livre, mas não encontra trabalho, sendo sempre preterido pelo trabalhador branco... engrossando a escumalha das cidades, desempregados e famintos.

A ajuda de Jean vale muito àqueles homens, que sem ele talvez não conseguissem emprego. Mas, como respondia por todos eles, dando sua fiança de honestidade e trabalho, viram-se colocados com relativa facilidade. Restou Uesu, que foi muito claro:

– Vou com sinhozinho pra São Paulo, procurar meu filho!

– Mas por que São Paulo, Uesu? Seu filho pode estar em qualquer fazenda do Sudeste: Rio de Janeiro, Minas e até São Paulo... Não acha melhor ficar com seus companheiros aqui no Espírito Santo?

O rosto de Uesu se fecha em cólera.

– Eu vou pra São Paulo procurar meu filho, já disse.

– Pois partimos amanhã, companheiro – diz Jean, convencido da determinação do outro.

Partem ao amanhecer. Passam pelo Rio de Janeiro e continuam viagem em direção a São Paulo. Por onde passam, os cafezais se perdem de vista... ainda trabalham neles muitos negros que preferiram permanecer nas fazendas, agora como assalariados. Mas já se nota efetiva superioridade numérica de colonos brancos, que vai aumentando mais e mais... deixando o negro no desemprego e na marginalidade. Uesu suspira:

– Pensar que por isso roubaram meu filho, o Aliara. Sabe-se lá onde ele está agora...

Jean comove-se.

– Meu amigo, pensou na possibilidade de ele ter morrido ainda criança?

– Ah, patrãozinho, ele não morreu, não. Eu sinto isso dentro do meu peito. A finada sentia também. Ele está vivo, um homem quase feito, trabalhando agora com liberdade em alguma dessas fazendas de café. Ou então foi embora pra São Paulo, trabalhar na cidade... mas tá vivo, isso eu posso jurar...

– Quantos anos ele tem agora? – quer saber Jean.

– Ele foi roubado um ano antes do patrãozinho chegar lá na Bahia, com 10 anos...

– Estamos em 1890. – Jean faz as contas. – Ele tem uns 18 anos. Um homem, Uesu. Deve ter namorada, pode até ter-se casado...

– Calma, patrãozinho – Uesu ri –, casou ainda não. Mas vai casar e ter filhos e Uesu vai conhecer os seus netos, todos homens livres, porque o meu filho já nasceu livre, como eu também, lá no quilombo. A gente demora, patrãozinho, mas conhece o gostinho de novo da liberdade.

Finalmente... São Paulo. São nove horas da noite quando chegam à cidade, há mais de mês que saíram da fazenda, lá em São Félix, na Bahia. Estão cobertos de pó, a pele curtida de sol, apesar dos chapelões... É começo de inverno e uma garoa gelada e fina cai sobre as ruas.

– Onde é que vamos passar a noite, patrãozinho? – pergunta Uesu.

– Ora, vamos para uma pensão, qualquer coisa – diz Jean, sem pensar muito.

Apeiam na frente de uma casa onde se anunciam quartos para alugar. Jean trouxe dinheiro, num acordo feito com o tio. Trabalharia uns tempos em São Paulo e depois voltaria à fazenda para continuar administrando a propriedade da família.

Vai entrando, batendo as botas no assoalho, seguido por Uesu. Um homem dorme na portaria e acorda assustado:

– Quem são vocês?

– Ora, meu amigo, somos viajantes, vindos da Bahia. Eu sou Jean Perrier, francês de nascimento, mas vivendo no Brasil há muitos anos... e este aqui é...

O homem corta rápido:

– O senhor enlouqueceu? Não está pretendendo se hospedar aqui com um negro, está?

– Não existe mais escravidão no Brasil, meu velho. Uesu é homem livre como nós, aliás sempre foi, nasceu livre num quilombo e...

– Vocês abolicionistas e suas histórias mágicas! – O homem ri, deixando à mostra os dentes sujos de nicotina. –Pegue seu negro sujo e vão dormir por aí... Mesmo o senhor, que aspecto miserável, todo coberto de poeira desse jeito.

Jean é forte, muito forte. O sol do sertão temperara rijo o seu organismo. Estende a mão, agarra o homenzinho pela gola e o traz inteiro por sobre o balcão da portaria.

– Sou um homem decente, dono de plantação de fumo na Bahia, seu cabra desavergonhado. E quero quartos já para nós dois, ou você não viverá pra contar a história... Nunca viu um homem empoeirado na vida? Viemos a cavalo, seu idiota, a cavalo... estamos viajando há mais de mês...

O outro dança no ar, como um boneco de pano, uma marionete. Só consegue murmurar, meio esgoelado:

– É pra já, meu senhor, é só me pôr no chão que lhe ajeito os quartos...

Tempos depois, Jean e Uesu riem que se fartam, depois de um belo banho que lhes tira a poeira de dias. O negro se derrete:

– Nunca vi sinhozinho tão bravo, credo. Quase que faz mingau do homem...

– Gente idiota! – resmunga Jean, entre os dentes. – Sempre esse miserável preconceito contra os negros. Começa com o meu pai, lá na França, querendo porque querendo uma mulher branca pra mim, e netos brancos...

Os olhos de Uesu se enevoam.

– O sinhô seu pai num sabe que é casado com a menina Mariana, que é mulata? O sinhô nunca contou pra ele?

– Nunca, meu velho. Faltou coragem. Ele ainda pensa que sou solteiro.

– É por isso que sinhozinho fugiu da família?

– Que é isso, Uesu? Eu não fugi coisa nenhuma. Vim conhecer o Sul, só isso.

Uesu sorri, triste.

– O negro conhece sinhozinho muito bem. Seu Jean fugiu de sinhá Mariana porque ainda não teve coragem de contar pro seu pai. Largou família, filhos, uma mulher tão boa e bonita... Sinhozinho tá errado, tudo na vida precisa coragem, a gente paga um preço por tudo que faz na vida. Olhe pra mim, eu quero encontrar o meu filho. E pra isso dou a vida. O que é afinal que vosmicê quer da vida, patrãozinho?

Lá fora, nas ruas desertas àquela hora, cai uma garoa gelada. Jean suspira, olhando pela janela:

– Criar coragem, contar tudo pro meu pai, assumir de verdade o meu amor por Mariana. Sabe, Uesu, eu gostaria de ser como o tio François, ele sim teve coragem. Rompeu com a família, por amor... eu sou apenas um menino com medo do escuro, com medo de virar homem, de crescer!

Novos rumos

Jean Perrier adapta-se logo a São Paulo, que possui inclusive um clima quase europeu. Começam a se instalar pequenas indústrias na cidade. Jean faz planos para o futuro. Costuma almoçar num restaurante da rua D. José de Barros, o Germânia, onde se reúnem os estrangeiros, principalmente descendentes de alemães e franceses. É num desses dias que conhece Herbert, farmacêutico que trabalha na Botica ao Veado de Ouro, muito procurada por suas poções. Trocam ideias e surge a possibilidade de uma sociedade num novo negócio, uma tecelagem.

Enquanto isso, Uesu procura o filho, desesperadamente. Não está acostumado à cidade, encontra todo tipo de dificuldades. Mas, movido por uma vontade férrea, não desiste. Enfim, esgotam-se todas as possibilidades de que Aliara esteja em São Paulo.

– Seu filho deve estar nalguma plantação de café aí do vale – diz Jean, condoído com o esforço do companheiro. – Não seria melhor que fosse para uma fazenda?

– Que fazenda, patrãozinho? – Os olhos de Uesu enchem-se de lágrimas. – Com esse mundão de terra que tem por aí, tanta plantação a se perder de vista, como é que vou saber qual a fazenda onde está o meu menino?

– Mas aqui em São Paulo é pior – continua Jean. – Escute, uns conhecidos franceses têm uma fazenda perto de Itatiba. Posso lhe arranjar um lugar por lá e quem sabe você tem notícia do seu filho, não é?

O desânimo começa a tomar conta de Uesu, então ele concorda:

– Acho que assim está bem, patrãozinho.

Difícil arrumar um lugar para Uesu. Apesar de rijo e bom trabalhador, está com quase 60 anos. Mas tem muita experiência como capataz, e isso ajuda. Uesu parte, depois de um demorado abraço, agradecendo o empenho.

– Vosmicê vem me ver, seu Jean? Prometa que vem... e que também volta pra sinhá Mariana...

– Tudo a seu tempo, Uesu – sorri tristemente Jean, abraçando o velho negro. Rompe-se mais uma amarra que o liga ao passado.

●

O sol bate em cheio sobre a tulha do café. José corre em direção ao rio, onde, ele sabe, está Jana à sua espera. Um leve farfalhar à beira d'água mostra que a garota já o espera, ansiosa como sempre. E abre-lhe os braços.

– Que demora, José!

– Pensa que é fácil escapar daquele capataz? – O rapaz sorri, deixando à mostra os dentes muito alvos.

Negro, 18 anos, um pouco magro, mas alto e rijo, a musculatura desponta nos braços lisos. Jana é negra também, o cabelo repartido em tranças, o corpo benfeito.

– Diga que me ama, José – pede a moça, enrodilhando o pescoço do rapaz com seus braços delicados.

– Hum, deixe ver – José faz doce. – Será que eu amo mesmo? Posso garantir que estou apaixonado, agora se amo...

– Seu bobo! – Jana abraça-o mais forte e beijam-se ardentemente. – Quando é que a gente casa, José?

– Quando a gente crescer... – O rapaz ri, provocante.

– Pois já estamos muito grandes, agora – retrucou Jana, de cara amarrada. – Pelo menos fazemos tudo que gente grande faz. E qualquer dia, você vai ver, vai ter de casar mesmo...

– Você está...? – O rapaz dá um salto da grama, assustado.

– Estou não. – A garota cai na risada. – E se estivesse?

O rapaz limpa o suor do rosto.

– Que susto você me deu, sua diaba!

Abraçam-se novamente. Ficam um bom tempo se amando, embalados pela água do rio, que corre vale abaixo. Até que Jana pergunta:

– Nunca mais teve notícias da sua família, José?

Uma sombra passa pelos olhos do rapaz, que suspira:

– Nunca mais, Jana. Fui roubado quando tinha 10 anos... lá do sertão da Bahia, onde eu tinha nascido um homem livre... foi aquele desgraçado do traficante de crianças, o Alaor, eu queria poder matá-lo com as minhas próprias mãos...

– Esqueça esse homem, ele só merece desprezo, quem sabe até já morreu – disse Jana. – Mas se você der notícias, escrever para a sua família na Bahia...

– Pensa que não pensei nisso? Mas até há pouco a gente era tudo escravo, quem ia mandar carta de escravo? E o que aprendi com a mãe, eu esqueci... A minha esperança é que, com a libertação, o pai ou a mãe venham para o Sul, se é que ainda estão vivos.

– Mas você também pode ir para o Nordeste – observa Jana, sentindo o coração doer dentro do peito – procurar por eles...

– Também já pensei nisso, mas cadê dinheiro? O patrão paga uma miséria, mal dá pra gente comer e se vestir e às vezes fica devendo ainda no armazém da vila... a gente continua tão escravo quanto antes.

– O meu caso é igual ao seu – suspira Jana. – Só que não tenho mais ilusões de encontrar os meus pais. Eles entraram em luta com os homens do traficante e foram mortos.

– Essa tal liberdade pouco nos tem adiantado – suspira José. – Acho que continuamos tão escravos como antes. Veja o nosso caso, somos livres, mas vivemos da caridade do senhor. Pior que nós estão os outros, mendigando por aí pelas estradas. Porque preferem sempre empregar o colono branco a dar trabalho para o negro. Eu acho que a gente ainda não se libertou coisa nenhuma. Sem falar que andam dizendo que, com a proclamação da República, podem revogar a tal Lei Áurea.

– Acho que não vão fazer isso não – rebate Jana. – Ouvi o senhor conversar com os amigos, enquanto eu servia à mesa. Aquele pessoal graúdo que veio de São Paulo pedir apoio político pra ele.

Não interessa mais ter escravo, porque estão ficando todos velhos e não produzem tanto como antes...

– Você é inteligente, Jana, sabe das coisas.

– Devo tudinho à sinhazinha Carolina, sabe? Ela me ensinou a ler e a escrever, conversa muito comigo, é muito diferente do pai, que só pensa em ganhar dinheiro. O que morreu de negro neste cafezal... Duram, quando muito, três anos... caem no chão como frutas podres.

José suspira fundo.

– Quando eu cheguei aqui, apavorado, me botaram na senzala, me deram o nome de José. Eu nunca contei nada a ninguém, Jana, mas sabe como era o nome que meu pai e minha mãe me deram, quando eu nasci livre?

– Qual? – Jana arregala os olhos, curiosa.

José faz suspense. Depois fala:

– Aliara. Meu nome é Aliara. Meu antepassado foi um rei nagô, Namonim, meu pai sempre contava. E o filho dele, Ajahi, liderou uma revolução de negros em Salvador e foi fuzilado em praça pública. Daí a avó Gangara fugiu para um quilombo na mata, onde meu pai nasceu livre, com o nome de Uesu. Depois botaram nele o nome de Roque, porque ele fazia roscas, e foi aprisionado pelos brancos quando atacava uma fazenda de fumo. Meu bisavô era um rei e eu me chamo Aliara.

Jana faz uma reverência, pegando as bordas da saia branca:

– Que bom conhecer um rei... claro, porque você também é um rei. Se ainda estivesse lá na Guiné, de onde vieram os iorubas, você estaria sentado num trono como um rei.

– Iorubas, Guiné... como você sabe tudo isso?

– Sinhá Carolina me contou. Ela estudou nos melhores colégios da capital, sabe de tudo. A gente descende da nação ioruba.

– Mas somos chamados nagôs.

– Sinhazinha me contou isso, nagô é xingamento, quer dizer "piolhento". Esse foi nome que branco inventou pra chamar os iorubas... assim como deram nome de José para Aliara, me chamaram de Jana.

– E qual é seu nome, Jana? O verdadeiro?

– Não sei, eu fui roubada com 3 anos, não me lembro de nada, só sei que muito tempo depois ouvi a conversa do feitor com o sinhô: "Os pais da menina atacaram a gente e a gente matou eles...", e, como eu fui a única menina roubada naquele dia, imaginei que fossem os meus pais.

– Pois eu vou batizar você novamente – diz Aliara, tomando a água do rio nas mãos em concha. – Que nome você quer ter?

– Um nome ioruba bem bonito. Você conhece um assim?

– Sim, conheço. Você pode se chamar Gangara, como minha avó, que fugiu para o quilombo para ter o filho como homem livre... porque você terá filhos meus e serão todos livres como Uesu, meu pai, e eu, Aliara, bisneto de rei nagô.

– De rei ioruba – corrige Jana e continua: – Gostei de ouvir isso, Aliara. De hoje em diante sou Gangara, porque todos os meus filhos serão livres, porque eu também nasci livre.

Abraçam-se novamente. A água do rio canta, rolando leito abaixo. O sol está quase a pino. Aliara lembra:

– Vamos logo, senão descobrem que não trabalhamos.

– Está na hora de servir o almoço. – Gangara desvencilha-se do namorado e corre para a casa-grande. Bem na hora, porque a velha Dedé, imensa na sua roupa rodada, já sai da cozinha, mãos na cabeça.

– Onde se meteu esse diabo que não pôs ainda a mesa?

– Tô aqui, Dedé – Gangara aparece.

– Namorando de novo, não é sua zonza? – grita Dedé. – Deixe estar que já, já aparece de bucho e aí quero ver esse seu risinho fiado nessa cara de sem-vergonha. Aquele moleque não tem jeito!

– A gente vai se casar, Dedé – fala Gangara suavemente. – E vamos ter muitos filhos...

– Que você vai ter filhos não duvido. Mas casar? Abra os olhos, menina. Sinhazinha gosta muito de você, mas se fizer bobagem...

– Bobagem, Dedé? Todo mundo não casa e tem filhos? Por que negro tem de ser diferente, me diga?

– Chega de bochicho, trate de pôr essa mesa, menina, que o patrão quando chega com fome é pior que cascavel de sino no rabo.

E se manda pra cozinha, tirar a boia que recende nos panelões de ferro, sobre o fogão a lenha, onde perto do borralho se estende, mole e dengoso, o Zito, o gato da casa.

– Sai, peste, em hora de comida não quero gato no meu fogão – ralha a Dedé.

Silvério chega logo pra almoçar. Homem grandalhão, usa botas e tem uma incipiente barriga. Político até a medula, vive metido em encrencas. Mas o poder que advém do café lhe garante muita impunidade. Continua a comandar a imensa fazenda, do alto das suas botas e do seu chicote, embora a libertação dos escravos tenha mudado alguma coisa. Acompanha-o sempre o Baltazar, antigo feitor da fazenda, promovido a capataz.

– Chegaram os colonos? – pergunta Silvério.

– Direitinho – confirma o Baltazar. – Depois da viagem toda e daqueles dias na hospedaria de imigrantes, estão bonzinhos, no ponto, patrão...

– E estão sabendo de todas as condições? Que só vão receber no fim da colheita? Lógico que podem plantar pra sobrevivência; vão ter de viver disso e do que comprarem no meu armazém.

– Expliquei como o sinhô mandou, pode ficar sossegado – continua o Baltazar, muito importante com a nova função, feitor de brancos. – Sabem que têm de trabalhar no cafezal, tantas horas por dia, depois que cuidem de suas hortas. E só recebem no final, quando acabar o contrato com o patrão. E a família toda vai trabalhar, não vai ter moleza, não. O senhor acha que vai dar certo, patrão? Olhe, o negro a gente sempre ajeita, tão acostumado a obedecer, já nasce com medo do chicote... eh! bons tempos, que se podia amarrar um negro vadio num tronco até sangrar...

– Os tempos mudaram, meu velho. – Silvério cofia a bigodeira. – Agora é tempo de colono branco, esses carcamanos são duros na queda. Bote eles num trabalho bem duro, não dê moleza, não. E faça gastar à vontade no armazém, assim quando for acertar as contas...

– Vosmicê é sabido, seu Silvério – o outro ri. – Vai sobrar muito pouco pra acertar depois da colheita, ou não me chamo Baltazar.

Entrando na sala para pôr a mesa, Gangara ainda ouviu o resto da conversa. Silvério grita:

– Ouvindo atrás da porta, sua enxerida? Isso é coisa da Carolina. Dá confiança pra essas negrinhas da casa.

Baltazar se oferece:

– Deixe comigo, patrão, que dessa eu cuido.

Uma nação branca?

Um terço da indenização prevista pela Lei Saraiva-Cotegipe financia a imigração. Silvério, barão do café, não perde mesmo tempo. Importa cada vez mais colonos italianos, pondo inclusive anúncio na *Gazetinha*:

"Precisa-se de muitos empreiteiros para a limpa de cafezais com mato de menos de um mês. Paga-se a seco: por mil pés 18$000 e 20$000. Diária, a molhado, 3$000. Por mês corrido, a molhado... 70$000, a seco... 1000$000. Muita atenção. A colheita do café será começada depois da semana santa".

E ainda arrota, imponente, referindo-se aos imigrantes:

– Despesa de viagem é tudo por minha conta. E instalo as famílias e as mantenho até que o serviço fique pronto.

Só em 1888 chegam 200 mil colonos italianos, que se espalham pelo Brasil. Muitos vão para a fazenda Santa Clara, em Campinas, do barão Silvério, como ele gosta que o tratem. Apesar dos murmúrios que dizem: "barão da língua pra fora...".

Mas, já na chegada, depois de mais de mês no mar em terceira classe, os colonos se desiludem. Ficam nas tais hospedarias de imigrantes que mais parecem prisões, vigiados o tempo todo, porque não podem se empregar livremente, apenas na fazenda de quem os trouxera. No caso, a de Silvério.

Lá chegados, outra decepção. Vão morar em casas mal-acabadas de pau a pique, na qual o sol e a chuva entram pela cobertura malfeita. Alguns são até alojados em antigas senzalas, pois muitos dos negros, agora livres, deixaram a fazenda. E há o Baltazar...

Baltazar tinha sido feitor dos bons. O bacalhau, o chicote de cinco pontas, cantava sempre com prazer em suas mãos. Ele usara todos os tipos de tortura para com os escravos: máscaras de ferro, grilhetas nos pés e mãos... mas sua arma principal era o tronco com os açoites... Tinha maligno prazer de açoitar um negro até sangrar e depois salgar as suas costas para vê-lo uivar de dor.

Seu Silvério vivia muito ocupado com política; republicano fanático, gostava de se jactanciar dizendo que derrubaria o Império... Então largava tudo nas costas do Baltazar, que sempre correspondera à altura. Negro com ele era ali, no bacalhau, não tugisse ou mugisse que saía sangue... até 1888.

Com a Lei Áurea, foi promovido a capataz. Pouca coisa mudou. Alguns escravos abandonaram a fazenda, principalmente para se livrar das suas maldades, que antes eram obrigados a suportar. Alguns permanecem fora do alcance de suas mãos, como os escravos domésticos – Jana, mucama de sinhazinha Carolina, em cujo lombo nunca chicote algum havia pousado, ou José, que monta muito bem e serve de mensageiro pra seu Silvério, rapaz também de dentro da casa-grande. É por eles que Baltazar nutre um desejo imenso de vingança...

– Tão cedo por aqui, na casa-grande? – indaga Silvério, ao ver o capataz chegar, chapéu na mão, o eterno relho batendo nas botas de pederneira.

– Chegaram mais colonos – diz o homem –, e estão reclamando das casas. Convinha que sinhozinho desse uma palavra...

– Não tenho tempo para perder com essa italianada, explique pra eles o trato, fale em meu nome...

– Carece o senhor me explicar de novo.

– Você é um bruto mesmo, Baltazar, só sabe a linguagem do chicote.

– Desculpe, sinhozinho. Mas com a negrada era mais fácil mesmo...

– Mostre a terra que eles vão cultivar para comer; mostre o armazém onde vão comprar e pôr na minha conta; no final da colheita, a gente acerta tudo. E vão ter de consertar a estrada até a ferrovia, limpar o pasto e cuidar das cercas.

O capataz coça a cabeça:

– Vão fazer tudo isso de graça e ficar devendo feio ainda...

– Problema deles. Se chiarem, paciência. Não vão querer voltar lá pra Itália, vão?

– Com toda essa filharada, claro que não, seu Silvério. Afinal, que pés de café a gente bota nas mãos deles?

– Esqueceu também, ó homem tapado? Dê os cafezais novos, que produzem menos. Os pés de café melhores deixe com a negrada que ficou na fazenda e trabalha de graça, só a troco de comida... assim, na hora do acerto, a coisa fica mais fácil...

O outro escancara na risada.

– Pra eles ou pra sinhô Silvério?

Silvério alisa a bigodeira, tira uma baforada do charuto Havana.

– Pra mim, claro, homem! Pois não me conhece? Se ajudo tanta gente, sou um homem de bem, mereço isso, não mereço?

– Claro que merece, patrão. O senhor é um homem de bem. Por falar nisso, a eleição tá tudo garantida. Já bati a fazenda, os arredores, não tem ninguém que feche separado do barão.

À palavra *barão*, um ar de triunfo passa pelo rosto do outro. Baltazar aproveita a deixa:

– E quanto à Jana, patrãozinho?

– Que tem?

– O senhor mesmo disse que a negrinha tá muito enxerida. Posso dar um susto nela?

Os olhares de ambos se cruzam.

– Ô seu peste de uma figa, tá de olho na negra, hein? Pois dê um susto nela, só um susto, hein? Se souber que usou o chicote ou fez maldade com a cria, vai se haver comigo, que a Carolina não me perdoa.

– Que é isso, seu Silvério? Eu só vou dar um sustinho à toa nela.

Pede licença, se despede. Vai cuidar da instalação dos novos colonos nas casas de pau a pique, sem forro, de chão batido. Que querem mais?

A sorte está do seu lado. Passando pelo riacho ouve alguém que canta. Acerca-se. Dá com Jana, que lava algumas roupas, debruçada sobre as águas. Está descansada, canta, feliz.

Acerca-se furtivo, como um gato. A menina nem o percebe. De um bote abocanha a presa, que se debate em vão, nos braços fortes de Baltazar, acostumado a derrubar negros adultos e muito mais fortes que uma garota.

●

Os colonos chiam, chiam, mas acabam se conformando, como era esperado. Afinal, depois de mais de mês de viagem, naquele navio fedorento, de terceira classe, enjoando pelos porões, enquanto a turma dançava lá em cima ao som das orquestras...

Tratam pois de se instalar e começar a roça, no terreno doado pelo fazendeiro. A esperança é a metade da renda líquida obtida com a colheita do café.

Há ainda muitos negros na fazenda, ex-escravos. Alguns ficaram porque são muito velhos e têm medo de sair pelo mundo, morrer de fome pelas estradas desconhecidas. Outros, por causa dos filhos ainda pequenos, preferem a relativa segurança da fazenda. Ouvem contar da borra que se espraia pelas cidades e fazendas a procura de emprego; são marginalizados e muitas vezes presos pelas autoridades como desempregados. A contratar o negro ex-escravo como trabalhador livre, o senhor branco prefere importar magotes de brancos, que se tornam novos escravos, pois estão presos ao patrão pelas dívidas contraídas nos armazéns onde fiam os alimentos de primeira necessidade que não produzem nas suas roças. O negro continua tão escravo como antes, e os barões do café comentam, entre baforadas dos seus charutos Havana:

– Borra e mascavo[1]. Mas nos livramos deles, que se virem, agora. Não queriam ser livres? Vamos clarear esta nação. Chega de o Brasil ser um país de negros. Importaremos colonos brancos e teremos enfim uma nação civilizada... e branca!

[1] Borra e mascavo: referência ao resto de café que fica no coador e ao açúcar não refinado, de qualidade inferior. A expressão tinha sentido pejorativo: significava "ralé", "zé-povinho".

Estão numa dessas reuniões políticas, no casarão da fazenda, quando Jana esgueira-se, furtiva, e vai falar com Carolina, sua dona, filha de Silvério e muito diferente dele em tudo. Puxara a sinhá Carolina, mãe dela, que se findara tão moça, cansada de enfrentar aquele marido duro como pedra, que, a qualquer objeção sua, respondia invariavelmente:

– A senhora fique no seu lugar.

Sinhá Carolina era uma mulher frágil, definhou e morreu. A filha herdara muito do temperamento paterno, era mulher voluntariosa e destemida. Enfrentava o pai, mesmo nos seus ataques de fúria habituais, que o faziam espumar.

– Vosmicê nem parece mulher, nem parece uma dama... vosmicê parece um homem, fala e briga como homem. Nem pra isso a sua mãe serviu, pra lhe dar modos de moça.

Carolina fazia um muxoxo de ódio:

– Como o senhor se atreve a falar assim, meu pai? Esquece que minha mãe se findou graças aos seus maus-tratos? Tanta arrogância, tanto orgulho... pois eu não me curvo, pode fazer o que bem entender que não me curvo.

– Vou mandá-la para um convento, hein, não me afronte, minha filha...

– Mas que convento, meu pai, isso já saiu de moda. Se me mandar pra um convento, eu fujo, entendeu?

– Então vou mandá-la para a Europa. Uma viagem vai lhe fazer bem. Arejar essa sua cabeça louca.

Carolina foi para a Europa, em companhia de uma tia. Voltou mais disposta que antes, enfrentando o pai, que finalmente se resignou a uma guerra fria. Essa menina tinha ideias na cabeça, coisa terrível em se tratando de uma mulher. Principalmente em se tratando da filha dele.

– Não sei o que faço com essa menina – descoroçoa-se ele em conversa com o melhor amigo, sinhô Luís, vizinho seu e também grande plantador de café.

– Pois tenho uma boa sugestão – diz o outro. – Case a menina. Ela está precisando de marido. Um marido bota freio nessa onça brava. E por que não o Caio, meu filho? Olhe que o rapaz leva fogo nas ventas, bota estribo, com perdão da palavra, nessa potra arredia.

– Olhe o modo, compadre, olhe como fala...

– Pois pense no assunto, que a oferta é boa. Juntamos as famílias e as fortunas. Fica tudo em casa, pois somos vizinhos, não somos? E mais fortes podemos lutar contra essa gentalha da oposição.

Oferta tentadora. Silvério aceita, nem precisa pensar muito. Na mesma noite comunica à filha:

– Vosmicê casa mês que vem com o Caio, filho do meu amigo Luís...

– O senhor enlouqueceu, meu pai? Eu mal conheço o rapaz.

– Pois terá a vida toda para conhecer. A palavra está dada e pronto. O enxoval logo se encomenda às bordadeiras da capital, fazem num instante, pago dobrado. A senhora está precisando de um marido que lhe bote o freio, e eu estou precisando de sossego.

Não adianta Carolina chorar, gritar, espernear. O enxoval é encomendado e o casamento marcado.

Está a coisa neste pé, quando Jana esgueira-se, furtiva, atrás dos homens que discutem política na sala do casarão, e vai até o quarto de sinhazinha Carolina, que vive chorando, desde que a notícia lhe foi dada.

– Ainda triste, sinhazinha? – pergunta, aproximando-se.

– Só tenho duas escolhas – responde a outra, levantando-se do travesseiro. – Casar ou fugir...

– Fugir? – A negrinha arregala os olhos. – Fugir pra onde, sinhá?

– Isso é que é difícil, pra onde? Acha justo casar com um homem que mal tenho visto na vida, apesar de vizinhos, com quem conversei quando muito três vezes? O que me adianta conhecer a Europa, ter ideias, se tudo continua na mesma? O pai manda e a filha obedece...

– Eu ia casar com o José – Jana começa a chorar, aos pés da cama.

– Ia? Por que você diz *ia*? Vocês brigaram? – indaga Carolina.

Jana abre o berreiro:

– Foi o Baltazar, sinhá Carolina. Me pegou na beira do rio, só de vingança, pode crer. Ele vivia dizendo que um dia me dava uma lição. Que é que eu faço, sinhá? Conto pro José? Guardo segredo?

Tenho medo de contar e o José matar aquele desgraçado do Baltazar.

Carolina abraça Jana:

– Estamos as duas num beco sem saída... me deixe pensar, deve haver algum modo.

– Pelo amor de Deus, sinhá, me ajude – geme a outra, juntando as suas lágrimas às lágrimas de Carolina, vítimas ambas de uma violência que continua impune, apesar do novo século que se aproxima.

Mudanças

Belo sonho... fugir! Para onde? Quem receberia Carolina, filha de Silvério, temido em toda a redondeza? Quem se atreveria a enfrentá-lo? Pobre Carolina! Apesar das ideias, dos sustos, das lágrimas, não tem opção. Recebe o belo enxoval bordado, vindo da capital, e concorda em se casar com Caio, filho do Luís, amigo e vizinho do seu pai. Só faz uma exigência:

– Levo Jana, Dedé e José comigo.

– Pois são seus – concorda o pai, esquecido de que falava de homens livres. Mas que diferença faz? Eles continuam ali, à disposição da fazenda e da família, tão escravos como antes. Pra onde iriam, quem lhes daria emprego? Uma palavra sua e estariam na rua, mendigando e presos como desocupados. Como ele mesmo diz: a borra e o mascavo.

No dia do pedido de casamento arma-se uma bela festa no casarão da fazenda. Carolina ganha um vestido importado de Paris, especial para a ocasião, jogado agora sobre a cama. Jana, carinhosa, tenta consolá-la:

– Se alegre, sinhazinha, dizem que o sinhozinho Caio é um homem muito bem-apessoado, um bonito rapaz. Que até estudou... lá em São Paulo, na tal Faculdade de São Francisco.

– E eu com isso? – Carolina, largada numa cadeira, se lastima.– Casar com um homem que mal conheço, de quem nem sei as ideias.

Decerto é o pai escarrado e cuspido... igualzinho ao meu pai também... eles são todos parecidos, esses barões do café.

Jana esconde o riso nas mãos.

– Sinhá fala tão engraçado... até parece homem.

– Mulher tem sempre que calar, não é? Ensinam a gente assim a vida inteira. Veja minha mãe... morreu calada, remoendo o ódio escondido dela.

– Ódio? Vosmicê tá enganada. Lembro bem de sinhá Carolina. Era tão doce, tão meiga...

– Enganação, Jana, enganação.

– Me chame de Gangara, sinhá, foi o José quem deu esse nome novo, foi da avó dele que fugiu pra um quilombo pro filho dela nascer livre... E ele também tem nome diferente: Aliara. Sabe que é bisneto de rei?

– Gangara – Carolina suspira. – Bonito, nome de uma mulher corajosa. Eu só chamarei você de Gangara de agora em diante.

– Esqueça essas ideias, sinhazinha – continua a outra –, de que a sinhá tinha ódio no coração. Ela vivia rezando e era tão meiga...

– Vivia rezando, sim, era meiga, sim – concorda Carolina. – Só por fora. Mas tinha ódios grandes. Sabe, encontrei um diário dela, escondido, depois que ela morreu. Lá ela se revela mesmo como era, com todas as suas mágoas e ódios. Foi assim que eu conheci a minha mãe verdadeira. E, calada, ela virou todo esse ódio pra dentro, por isso morreu tão cedo, ela se fanou como uma flor.

– Verdade, sinhazinha? Puxa vida, quem podia imaginar...

– Mas eu não vou ser outra Carolina – continua –, eu vou lutar, juro que vou. Agora não tenho escolha, tenho de casar com o Caio, pois ninguém me receberia, fugida da fazenda. Era só o tempo de fugir e voltar. Mas vai chegar o dia da minha liberdade...

– Pelo amor de Deus, sinhazinha! – Gangara trata de pôr água fria naquela fervura. – Quem sabe dá certo, o sinhozinho é tão bonito, tão novo, tão rico... a gente vai morar numa fazenda bem longe do Baltazar... ah! minha Nossa Senhora me protegeu, não fiquei de bucho daquele desgraçado...

– Você não contou nada para o José, não foi?

– Pro Aliara? Contei não, sinhazinha, Deus me livre. Ele é tão moço ainda, o Baltazar é homem feito, acostumado a lidar com arma. Era só o Aliara ir tomar satisfação que um matava o outro... e o que ia ser de mim?

– Você fez bem. Tem hora de calar, hora de agir... A gente vai se livrar aqui desta fazenda. Pelo menos na outra, meu sogro já está muito velho, vou ser a dona. Lá as coisas vão ser diferentes...

– Deus ouça vosmicê, sinhá – benze-se Gangara, cheia de esperança no futuro.

Caio chega para a festa de noivado. É alto, elegante, bem-posto. Formado em Direito na famosa Faculdade do largo São Francisco, em São Paulo. Vem cheio de ideias para dirigir a fazenda do pai, a Santa Rita. A importação de colonos italianos é sua mira maior. Praticamente conhece Carolina na festa de noivado, pois antes tinham-se visto quando muito umas três vezes, em festas familiares.

– Muito prazer em revê-la, Carolina! – ele estende a mão, sorrindo.

A noiva está perfeita, num vestido de rendas que custou uma fortuna. Aliás Caio está unindo o útil ao agradável: ganha uma noiva bonita, pertencente a uma das melhores famílias do Estado, e soma a fortuna dela à sua fortuna.

– Como vai? – responde Carolina, sem muitos eflúvios de alegria.

Uma pequena orquestra viera contratada para animar a festa. Caio tira Carolina para uma valsa.

– Está feliz? – pergunta o rapaz, sempre sorridente.

– Por que deveria estar? Nosso casamento foi arranjado, não foi? Apenas recebi a comunicação de meu pai.

Caio desconversa. O pai já o prevenira da língua viperina da noiva, mas, pelo visto, a coisa é pior do que ele pensou.

– Os melhores casamentos se fazem assim, Carolina – ensaia o noivo. – Foi assim que casaram meus pais e possivelmente os seus. Acabaremos por aprender o amor... ele é produto da convivência.

– Você acha mesmo? – Carolina para de dançar. – Com licença, estou cansada. Prefiro me sentar.

– Mas claro, temos tanto para conversar. Seu enxoval está pronto?

– Pergunte ao seu sogro. Ele cuidou de tudo.

– Mas me falaram do seu fino gosto. Você deve ter orientado as bordadeiras...

– Não orientei coisa nenhuma. Estou casando obrigada. Se pudesse, não casava. Não me venha com rodeios, nem se faça de bobo. Você também está se casando obrigado, não é? Não me diga que acha graça num casamento desses.

Caio engole em seco. Não será fácil domar essa onça brava!

Dias depois realiza-se o casamento, entre grandes festas e pompa. Matam muitas vacas para o churrasco e fazem doces de todas as qualidades, deixando Dedé meio maluca:

– Pra que tanto doce, meu Deus? Parece que vão convidar o mundo inteiro...

Dedé fora ama de leite de Carolina, adora a sua menina. E é taxativa:

– Eu sou livre agora. Quero ir junto com sinhá Carolina. Aqui não fico mais, aturando rezinga de sinhô velho...

E muda-se para a fazenda Santa Rita, junto com Gangara e Aliara, que estão na maior felicidade: casaram-se no mesmo dia que sinhá Carolina e sinhô Caio.

Os negros da fazenda armam um batuque para comemorar o casamento. Tem também uma congada em homenagem a São Benedito, cuja devoção se comemora naquele dia: 6 de janeiro de 1899. Os homens, de camisas coloridas, coroas na cabeça...

Sou um príncipe do Congo, venho da monarquia, venho pra conhecer vosso reino, mas não venho com valentia, hoje é um dia de festa, muito movimento, muita alegria, em louvor de São Benedito, e do rosário de Maria...

As festas duram três dias. Muito antes disso, sinhá Carolina parte, no dia mesmo do casamento, levando Gangara e Aliara, além da fiel Dedé, que não nutre grandes amores pelo barão Silvério. E o sossego se instala na Santa Clara, o sinhô fumando seus havanas e pensando: "Agora é o Caio quem doma aquela oncinha... e eu aqui me aboleto pra minha política e os meus problemas...".

A fazenda já não vinha rendendo como antes. Baltazar até arriscara a sua opinião:

– Café é bom, patrão, mas tira tudo da terra, ela fica exaurida...

– Que é que você tá dizendo, homem?

– Que o cafezal acaba com a terra, patrão... fica terra morta... e olhe que estão se espraiando para o oeste... pegando terra roxa ainda não aproveitada, daqui a pouco, nem pensar, isso tudo fica seco, não dá coisa nenhuma mais.

– Ó boca lazarenta! – grita sinhô Silvério apavorado com a ideia, olhando a plantação de café que se estende a perder de vista. – Ainda tem calor e vigor nesta terra, homem, ainda podemos explorá-la por muitos anos...

– Muitos, patrão, será? – Baltazar cofia a barbicha rala, batendo o chicote nas perneiras. – Sei não... a gente derrubou muita árvore pra plantar o café, derrubou tudo. Agora só tem café... até quando?

– Até quando eu quiser – o barão Silvério sorri, confiante. – Sabe que eu vou inaugurar um casarão lá em São Paulo? Nos Campos Elíseos. Coisa fina, os móveis vieram todos da Europa. Pena que não tenho mulher... sabe que estou pensando em me casar novamente? A filha se mudou, logo me dá netos, mas não sou homem de ficar sozinho.

– Mas o patrão nunca esteve sozinho – troça Baltazar, mas cala-se logo ante o olhar reprovador do outro.

– Cale essa boca, homem, quem lhe deu essas intimidades? Eu não estou falando disso, estou falando em casar... pra ter quem me acompanhe na velhice e na doença, já que da filha não posso esperar grande coisa, não é?

– Pois se mude pra São Paulo, pro casarão dos Campos Elíseos. Lá, garanto que conhece moça fina de boa família que anda querendo se casar. Com o nome e a fortuna do patrão, não deve ser difícil. Talvez até viúva moça e rica, à espera de candidato...

Seu Silvério tira outra baforada:

– Ideia boa, seu Baltazar. Ando meio aperreado mesmo nesta fazenda. Vou pra São Paulo, aproveitar o restinho de saúde, arrumar mulher nova e bonita e de bom gênio. Já me chega a finada sempre calada, turrona, e a filha destemperada que ela me deu. É questão fechada: a noiva tem de ter bom gênio!

1905...
Fazenda Santa Rita:
Ribeirão Preto

A água desce do céu, num chuvaréu dos diabos, quando as dores começam... Gangara grita:

– Dedé, me socorra que vem vindo...

Dedé, além de cozinheira, entende de partos, é filha de siá Sabina, a melhor parteira da região, que morrera velhinha e seca, como um galho de café depois da colheita. Pelas mãos de siá Sabina tinham nascido todas as crianças de Santa Clara, inclusive sinhá Carolina. A sinhá-moça se rolando de dor, a parteira branca sem dar solução, mandaram chamar a escrava:

– Corra, siá Sabina, senão a sinhá morre...

Uma hora depois nascia sinhazinha Carolina, feia, roxa, quase morta. Lambuzada de sebo, presa naquele cordão vermelho. Siá Sabina sorrira, mostrando pra mãe cansada, tão pálida naquela cama grande:

– Nasceu sentada, a danadinha. Tem nada, não. Se cria bonita e forte, vosmicê vai ver...

– Graças a você, siá Sabina – sussurrara Carolina, a mãe, caindo num sono quase próximo da morte. Demorou dias pra ficar boa de novo. Agora Dedé acode Gangara, no parto... se rolando na cama.

– Eu não aguento, eu não aguento...

– Que patifaria! – ri Dedé, se ajeitando para o ato. – Faça força, minha filha, faça força. Depois de tanto filho, ainda não acostumou?

Sinhazinha Carolina, também de barriga, ainda alta, vem ver. Têm sempre filhos juntas, a vida toda. Este seria o sexto filho de Gangara, o caçula da "criarada" que vivia solta no terreiro da fazenda. Seis anos passados, um filho por ano, sem errar um só, a senhora e a serva, duas mulheres unidas no mesmo destino: parir!

Dedé suspira:

– Caprichou, hein, sua malandra? Olhe só quem vem vindo aí...

Nem bem fala, a criança aparece... primeiro a cabeça, grande, a boca aberta tentando respirar. Depois o corpo forte e o sexo.

– Menino! – grita Dedé, enquanto a criança arma o primeiro vagido e Aliara, no fundo do quarto, as mãos postas, sorri, feliz.

Segunda parte: 1905 a 1985

Oitenta anos depois...

Joga-se na cama, extenuado. Porra! Que noite. Sambando a madrugada toda na avenida Tiradentes, presidindo o desfile das escolas de samba de São Paulo. Porque afinal ele é o rei Momo. Primeiro e único, eleito num pleito democrático, apesar de ter quebrado muito pau.

Carlão ri, lembrando a pauleira que foi sua eleição... Seis candidatos, nem todos preenchendo rigorosamente o regulamento do concurso: cem quilos, alma de folião e apresentação por alguma entidade.

Teve nego que achou que só por ser gordo já estava eleito. Sem respaldo nenhum, só a ambição. Se ferrou de cara. Porque para ser rei Momo não basta o cara ser gordo, gostar de carnaval e pronto; tem uns quiproquós, meu chapa. E a tradição, onde fica?

Carlão vira na cama, o corpo todo dói. Já não é mais a criança que veio de Ribeirão Preto, lá por 1925, assim na flor dos 20 anos. 20 anos! Agora tem 80 anos e gosta de tudo que gostava aos 20: música, carro e mulher. Em torno disso girou toda a sua vida. Se arrepende? Que nada, meu chapa, que nada! Quer ouvir a minha vida, não quer? Entrou aqui no muquifo de gravador em punho só pra ouvir a minha vida, não é? Então te abanca, meu nego, com teus 20 anos que eu já tive, prepara aí a joça que vou te contar toda a minha vida de malandro, compositor e mulherengo, uma pá de coisa que eu já fui na vida. Até chegar o dia de hoje e virar Sua Majestade, o Rei Negro!

Se eu tô cansado? Claro que tô cansado! Dá pra perceber, não dá? Tô podre, maninho. Mais podre impossível. Dói tudo. Pudera, 80 anos é vida pra burro! Só que eu nem penso em velhice, não tenho tempo de envelhecer. Eu penso no dia de amanhã. Durmo e penso assim: amanhã é outro dia, Carlão. Te encomprida aí na cama, que amanhã tem coisa boa pintando no pedaço... Essa é a minha filosofia de vida, que já me acompanha faz tempo, sacou? E muito da boa, por sinal.

Mas como eu ia dizendo e eu mesmo me interrompi... a eleição pra rei Momo foi aquela zorra, levantou poeira na quadra da escola. Tinha um cara, o Zelito, que cismou que ia ser o rei Momo/85 de qualquer jeito. Gordo ele é. Mas só gordo, sacou o lance? Não tem carisma de rei. Não tem ginga nem nada. E ainda por cima usa óculos. Tu já viu rei Momo de óculos? O povo morou no lance, começou a vaiar:

– Cai fora, quatro-olhos!

O outro não era de ginga, mas era de briga. Topou a parada e olhe que pesava uns 120. Saiu fumaça, maninho. Arrepiou com o primeiro da fila, um crioulinho mineiro que gritava mais que os outros, as gengivas sem dentes à mostra. Catou o crioulinho e se não são os outros não sobrava nem paçoca pra comer com frango assado. Paçoca de crioulo. Botaram o gomalina pra fora da quadra, ele ainda arrotou vingança:

– Me pagam, seus trapaceiros!

Tinha outro que era magro. Imagine um rei Momo magro. Ele disse que essa história de rei Momo gordo era discriminação, que ia se candidatar de qualquer jeito. O carinha era fino mesmo, pesava quando muito uns oitenta. A vaia engrossou na hora.

– Tira o macarrão do pedaço!

Levaram ele de cadeirinha e tacaram lá fora dos portões da

escola. Já viu indecência maior? Querer ser rei Momo magricela daquele jeito? Tem louco pra tudo, meu chapa, gente que não respeita a tradição. Sem falar nos cartolas que são gordos, então pensam assim:

– Até que dá pé se candidatar a rei Momo pra variar o lance...

E atacam de gaiato, muambeiro, amador. E a gente, que passou a vida fazendo Carnaval, empatando a vida no Carnaval, morrendo de fome, com a miséria que a gente ganha escrevendo música pra Carnaval – ainda faturo uns mangos de vez em quando e quase no tapa –, a gente precisa chegar de manso, porque tem cotovia em terra de sabiá, morou?

Foi aí que eu decidi reagir. Tava quieto no meu canto, tomando uma geladinha, com colarinho e tudo. Quieto e manso como boi no pasto. Mas quando começou aquele molho todo, aquela embromação, me subiu o sangue nos olhos, fiquei raiado como céu na alvorada do dia. Pulei dentro da quadra e sapequei, em alto e bom som pra quem quisesse ouvir:

– Parem com essa conversa fiada, seus palhaços! Rei Momo não basta ter banha, não. Tem que ter samba nas veias, olha aqui, meus chapas, eu e mais aí uns companheiros fizemos samba a vida inteira, a gente tem sangue e samba, tudo misturado no coração... e taí os calos das mãos pra provar que a gente só não morreu de fome foi porque pegou batente pra aguentar o samba, não tem essa de grã-fininho idiota que virou sambista porque é moda...

Daí, meu irmãozinho, a quadra veio abaixo. Foi tanta palma, que as mãos doeram de bater. E a cuíca começou de leve, no choro quente dela a fazer: quiquiquiquiquiquiquiquiqui. E a moçada caiu num samba de arrasto que esquentou os temperamentos e foi aquela gostosura, até que o presidente da escola, aquele bicheiro, o Grampa, gritou na voz esganiçada dele:

– Pra votação, turma, a gente temos de decidir quem é o rei!

Daí foi bonito paca, menino. Ah, se foi. A turma se juntou, enfileirada, na maior seriedade. Tinha jornalista, locutor de rádio, de TV. Garimpo de todo tipo, meninada sacana querendo aprender nas garupas da vida. E foi tudo votando, votando, eu só no canto, bebericando minha loira, bem da gelada...

Votaram tudo que foi na medida, uma ordem só. Não tinha mais baderneiro na quadra, os badernas tinham sido atirados pela calçada afora. Logo depois começou a apuração. Eu, de esguelha, nem falava. Meio murcho, sabe como é? A gente só arrota quando come, né, malandro? Eu fiquei na minha, esperando o baile, que sonhar com a festa é melhor que ela.

Foi aí que o motor pegou. Começaram a ler os votos em voz alta pra não ter complicação. Engrenei a primeira, devagarinho, na butuca, e lá na boca da urna, como se fosse de encomenda, alguém gritou:

– Carlão!

Engrenei a segunda, de manso. O motor não tugiu nem mugiu, saiu sem covardia. E o cara, lendo o segundo voto, cantou:

– Carlão!

Engrenei a terceira, o motor sapecou. Virei a curva a mais de sessenta, enquanto o cara da boca da urna já gritava:

– Carlão!

Engrenei a quarta. O carro pulou no galope adoidado, tigre na savana querendo pegar a caça. E o carinha, lá da frente, berrou:

– Carlão!

Então, ninguém segurou. Foi Carlão de tudo que foi lado, ganhei numa vitória tão disparada, meu nego, que nem cantei vanglória. Foi unanimidade geral. E a turma, então, só de gozação, quando o crioulo tascava uma cédula, já gritava com ele:

– Carlão!!!

Deu Carlão de ponta a ponta. Fui eleito o rei Momo/85 por maioria absoluta. Só deram três votos, lá no fundozinho da urna, pra um grã-fino gaiato e gordo que veio em três pessoas: ele, a mulher e o amigo. Levaram uma vaia tal que se escafederam de fininho, no fim da votação.

Então a quadra pegou fogo. Foi o ensaio geral do Carnaval. Alguém me sapecou a coroa, toda de latão dourado, e uns rubis e águas-marinhas, pra ninguém botar defeito: coroa de rei. E me puseram no ombro uma capa de lamê vermelho: Sua Majestade Primeira e Única, o Rei Momo/85! E com cetro também e uma faixa colorida, com uma baita roseta na ponta que me fez lembrar a Rosa – ah, Rosa dos meus pecados!, depois te conto, mano, quem foi a Rosa... ah, quer saber agora, tem pressa, hein, chapinha? – A Rosa foi meu primeiro amor, aquele, sabe, dos 20 anos, que levou uma grana sentida pra comprar um casaco de peles e caiu na vida. Nunca mais vi a Rosa...

A chaleira canta no fogo, a primeira fervura do dia. Carlão oferece, satisfeito e risonho:

– Aceita um café, mano?

A história para trás...

O café desce, redondo e quente. Carlão fica um tempo, olhos perdidos no espaço, sonhador. Se arruma melhor na cama de vento... folgado, as mãos cruzadas atrás da cabeça, um sorriso grande na boca, feliz da vida.

– Você quer saber a minha vida inteirinha, não é, rapaz? Então, melhor começar do começo, que do fim não dá. Aliás, tô longe do fim, pode crer. Eu tenho muito sangue nas veias ainda...

O outro sorri, repórter novo, querendo aparecer. Foca, lá na redação, vibrou quando lhe deram aquele trabalho.

– Vá lá, ó cara, entrevista o Carlão...

Foi fácil encontrar o homem... Todo mundo sabe quem é, pudera, o rei Momo! E dão logo o endereço, um pardieiro que foi moradia de uns grã-finos e agora é um baita de um cortiço em que volta e meia a polícia chega para dar aquela batida:

– Documentos, documentos... todo mundo em fila, na parede...

"País gozado, este", pensa o foca. "Pobre é sinônimo de marginal. Pra rico, ninguém pede documento, colarinho-branco, todo mundo deixa passar... de terno e gravata ninguém é ladrão, é sempre doutor. Tá tudo errado!"

– Tudo certo, mano? – pergunta Carlão, mal acomodado na caminha que falta, porque ele é grande, alto, um homenzarrão. E sorridente: – Então vamos lá – começa, mexendo na barba rala, branca, suada como ele. – Meu antepassado (trisavô ou qualquer coisa assim) foi um rei nagô, chamado Namonim, lá pelas terras da Guiné, onde hoje está a Nigéria. A África, maninho, então não era dividida em nações, como agora, era terra de muitas tribos que viviam brigando entre elas. Foi numa dessas lutas que o meu trisavô derrotado se matou com a própria lança, e o filho dele, o Ajahi, foi levado debaixo da chibata para o tumbeiro... tu sabe o que é tumbeiro, meu rapaz?

– Aprendi na escola – diz o foca. – Eram os navios negreiros que traziam os negros para a América...

Os olhos de Carlão se turvam.

– É, todo mundo aprende na escola... mas dá pra imaginar o que eram esses tumbeiros, meu mano? Quatrocentos homens e algumas mulheres empilhados no porão do navio, sem água, quase sem ar, sem comida, abafados, apavorados, sem poder se comunicar porque eram de tribos diferentes, falavam idiomas diferentes... Às vezes eles se revoltavam, matavam alguns brancos. Então os outros pegavam os negros líderes, botavam de costas no convés do navio, acabavam com as nádegas deles com chibatadas e lancetadas. Daí botavam por cima sal e pimenta, mais uma porcaria feita de fumo pra cicatrizar e não dar gangrena. Às vezes tiravam pedaços dos negros e jogavam pros peixes, até o negro morrer e ir servir de comida de tubarão...

– Tanto assim? A gente pensava que não era tão horrível...

– É, a gente pensava, sim. Então, sabe, maninho, morria mais da metade, partiam com quatrocentos negros e chegavam duzentos, a maioria morria de fome, sem água e sem ar... e os outros já chegavam meio mortos, indo para os depósitos de escravos novos. Foi aí que o Ajahi foi vendido para um grande senhor de Salvador, na Bahia, se tornou um negro liberto e morreu fuzilado, como líder da revolução dos malês, em 1835. A cabeça dele e a dos outros quatro foram salgadas e espetadas num pau em praça pública...

– Como é que você sabe tudo isso, Carlão? – pergunta o foca, interessado. – Dizem que os negros do Brasil não conhecem a sua genealogia...

– É que a minha família é muito especial – sorri Carlão. – Muito especial. A gente cultiva essas histórias de família, que foram passando de geração pra geração. Mas ouça: quando o Ajahi morreu, a mulher dele, a Gangara, fugiu para um quilombo chamado Urubu, perto de Salvador... e sabe quem salvou ela, grávida, a minha bisavó ou coisa que o valha?

– Quem? – quer saber o foca, abrindo os olhos, de curiosidade.
– Algum escravo corajoso, amigo do teu bisavô...

Carlão abre o sorriso:

– Foi uma mulher, uma africana liberta, chamada Luísa Mahim, ouviste falar dela?

– O nome não é estranho...

– Pois essa mulher corajosa, raçuda, que tinha lutado ao lado dos malês e escapado livre, já tinha um filho chamado Luís, com um português que ficara dono do menino, pois mesmo os filhos de homens livres com negras libertas eram ainda considerados escravos...

– Foi antes da Lei Rio Branco, a do Ventre Livre, eu sei – confirma o foca. – Eu aprendi tudo isso nas aulas de História, ai, que eu detestava!

– Detestava porque era tudo frio ali, no papel. Mas agora eu tô te contando a história viva, da minha família. Pois esse menino Luís, filho de Luísa Mahim, que nasceu em 1830 e foi vendido pelo próprio pai, como escravo, em 1840, veio para o Sul e se transformou no grande jornalista e abolicionista Luís Gama... que nunca revelou o nome do pai.

– Então foi a mãe do Luís Gama que salvou a sua bisavó? – O foca está cada vez mais interessado – Que história, pô! Essa ia ser publicada, com certeza.

Carlão se ajeita melhor. Está sério agora, escolhe até as palavras.

– Salvou, sim, e levou a Gangara para o Urubu, onde ela deu à luz um menino chamado Uesu. Uesu nasceu e se criou livre no quilombo, onde havia homens e mulheres de todas as etnias, brancos, negros, índios, uma verdadeira democracia racial... e, como não tinha ódio do branco, porque crescera livre, um dia, quando saiu num grupo armado para pilhagem e soltura dos escravos das fazendas vizinhas, encontrou um branco mordido de cobra e salvou a vida dele, com as mezinhas que aprendera de um velho feiticeiro lá no quilombo.

É a vez de o outro duvidar.

– Salvou a vida do branco? Pois eles não se odiavam?

– Uesu nasceu livre, já disse – continua Carlão. – Não tinha ainda motivos de ódio. Mais tarde ele foi aprisionado e vendido para uma fazenda de um compadre daquele branco que ele tinha salvado e se chamava François Perrier, um grande plantador de fumo perto de São Félix... e os dois se encontraram por acaso, e o francês comprou e levou meu avô lá para a fazenda dele.

– Mas que família aventureira, pô! – O foca está até arrepiado. – Continua, meu velho...

Vendo o interesse do foca, Carlão se anima cada vez mais. Até o cansaço acaba, se sente mais jovem, contando aquilo.

– Uesu se casou na fazenda de tabaco e teve um filho chamado Aliara, que nasceu livre em 1873. Mas Aliara foi roubado por um traficante de escravos, o Alaor, que o vendeu para uma plantação de café em São Paulo. Uesu descobriu e jurou vingança... e um dia o destino fez com que ele encontrasse Alaor ferido, na floresta. E Uesu não acudiu e deixou que ele fosse devorado pelas feras...

– Deus meu! – O rapaz até se benze. – Mas que contradição, Carlão. Primeiro ele salva o branco, o tal francês que tinha sido picado de cobra. Depois deixa o outro, morrendo à míngua... não faz sentido.

Carlão sorri, resposta afiada:

– Faz todo o sentido do mundo. Um homem só odeia se tem motivos para odiar, meu filho. Agora Uesu tinha sentido na carne a dor da escravidão. O filho que ele tivera livre continuava escravo no Sul, talvez até já morto. Foi justiça, ouça o que lhe digo, ele nem precisou encostar um dedo no tal mulato Alaor, foi justiça de Deus.

– E depois, o que aconteceu? – A fita corre no gravador, enquanto o foca faz também algumas anotações num bloco.

– Veio um sobrinho do francês, casou com a prima e, depois da Abolição da Escravatura, se mandou para o Sul, com alguns negros já livres. Uesu veio com ele à procura do filho, Aliara, e se empregou numa fazenda em Itatiba. Mas morreu sem nunca ter encontrado o filho...

– Espere aí, se ele nunca encontrou o filho, como é que você sabe de tudo isso? – O foca pára de escrever, à espera de uma resposta.

– Calma, meu filho, tudo a seu tempo. – Carlão se levanta, toma um copo d'água, oferece outro, o foca diz que não, obrigado. Torna a deitar na cama e continua, calmo, sem pressa: – Acontece que o Aliara estava perto dali, numa fazenda em Campinas, como escravo de um barão de café, o Silvério, homem muito cruel cuja filha rebelde, chamada Carolina, se casou contra a vontade com outro barãozinho do café, um tal de Caio, formado em Direito, mas que de Direito não sabia nada... Os dois foram viver na fazenda dele, em Ribeirão Preto; ela levou também um casal de negros da sua confiança, a mucama Gangara e o meu pai, Aliara, no qual tinham posto o nome de José... ora, o Aliara tinha sido roubado com 10 anos, sabia toda a história da família, só não viu mais o pai...

– Espere aí, espere aí – interrompe o foca, todo atrapalhado e aflito. – Se ele nunca mais viu o pai, como soube que ele veio para o Sul?

– Calma, filhote, calma – o velho ri. – A história tá só começando. Siá Carolina viveu muitos anos com o tal do sinhô Caio, que morreu num acidente: caiu do cavalo. Ela então conheceu e se casou com um francês chamado Jean, que era o tal sobrinho do François Perrier que tinha vindo para o Sul e trazido Uesu...

– Mas ele não era casado lá na Bahia, com a prima dele...

– Era, mas, a essa altura, a pobre da sinhazinha Mariana tinha morrido de saudade e ele ficou viúvo. Ele contou toda a história pra sinhá Carolina, mas, como estavam apaixonados, a sinhá perdoou. E foi ele quem falou do escravo que viera com ele à procura do filho, e conversa vai, conversa vem... como o Aliara era de dentro de casa, copeiro da família, acabaram descobrindo tudo... só que, quando foram procurar o velho Uesu, ele já tinha morrido sem ver o filho... mas tinha contado a Jean sobre a morte do Alaor.

– Melhor que novela das oito! – admira-se o foca. – Que coisa, meu... a vida parece que imita a ficção...

– Eu fui o filho caçula de Aliara e Gangara, os nomes nagôs dos meus pais – continua Carlão. – Tive uma infância muito feliz na fazenda, porque já peguei sinhá Carolina mais velha e casada de novo com o seu Jean, que era homem muito bom... e graças a Deus meus pais viveram muito e morreram de velhice, lá em Ribeirão Preto. Eles nunca saíram lá da fazenda, apesar de serem livres, porque praticamente nem recebiam salário, faziam parte dos móveis e guardados...

– A situação do negro, depois da escravidão, continuou ruça – disse o foca. – Aliás, está ruça, não é, meu velho?

– Mudou pouco, meu filho, muito pouco. Primeiro foram os colonos italianos, porque os brancos queriam que o país ficasse branco, de qualquer jeito... então ocuparam o branco na lavoura e não se preocuparam mais com o negro. Você acha que o negro ficou nas favelas, nos cortiços, nos alagados porque ele quis? Porque era preguiçoso, não servia para o trabalho livre? E como foi que o Brasil andou três séculos a poder do trabalho negro? Aconteceu que o negro foi mandado embora, saiu mendigando pelas ruas, sendo preso e fazendo os mais árduos trabalhos para sobreviver.

– É, na cadeia tem mais negro que branco. Quando a polícia vê negro, já vai atirando... esquadrão da morte é feito quase só pra matar negro... que coisa! Deve ser ruço ser negro, não, meu velho?

– Negro chegou escravo aqui... e vieram muitos guerreiros como meu bisavô, o Ajahi. Mas aqui o negro foi perdendo a dignidade: primeiro como escravo, depois como negro livre a quem ninguém dava serviço, ou, se dava, pagava uma miséria. Como queriam que o negro virasse gente pra valer? Me diga, filho, quantos negros são juízes, deputados, senadores? Quantos negros são professores das universidades? Um punhadinho que conseguiu furar o sistema... a maioria tá aí, recebendo pauleira, morando nos esgotos da sociedade, recebendo tiro... chegou negro perto, é marginal, o pessoal já corre. Já os colarinhos-brancos, esses moram nos bairros grã-finos e ninguém pega, porque têm dinheiro... foi sempre assim. A princesa Isabel que me perdoe, ela assinou a tal Lei Áurea, e no ano anterior dizem que tinha metido fuzilaria em cima de negro fugido da escravidão. Tudo mentira, meu mano, enganação. O negro ainda não saiu da senzala, não.

– Mas você é um rei... – balbucia o foca, comovido, tentando dar um alento para o negro velho à sua frente, moído de cansaço e de um desgosto ancestral.

– Eu descendo de um rei ioruba, mano, eles me fizeram rei Momo, eu aceito, é bom. Mas meu ancestral foi um verdadeiro rei, eles não me deram nada, eles só tiraram.

A saga de um rei

Um silêncio constrangedor se instala entre eles – são muitas as perguntas sem respostas. Multidões de fantasmas explodindo na memória... tanto tempo passado.

Carlão se ajeita melhor na cama velha, boceja. Os olhos pesam de sono, nem adianta dormir. Logo mais chegará o carro para levá-lo a Ribeirão, onde lhe renderão homenagens. Tudo bem, sempre há tempo pra dormir, o importante é curtir tudo o que a vida pode dar, agora!

O foca percebe e se desculpa:

– Incomodo o senhor?

– Não me chame de senhor, moço, me chame de Carlão, você me deixa velho falando assim. Pergunte à vontade.

– Talvez você devesse descansar um pouco.

Carlão ri:

– Pensa que cheguei até esta idade descansando, meu rapaz? Eu fiz tudo o que quis na vida. Sabe o que o meu médico disse agora? Rei Momo... aos 80? Canseira demais pra sua idade...

– E não é, Carlão, pense bem, hoje você nem dormiu, já vai sair de novo, não vai?

– Claro que vou, rapaz. Então ia deixar minha cidade esperando... mas quer ouvir ou não o resto da história?

– Claro que eu quero! Por favor, me fale da sua infância lá em Ribeirão.

– Foi uma infância boa, seu moço – continua o Carlão –, na roça, na fazenda de siá Carolina, que, como eu já disse, tinha se casado de novo com sinhozinho Jean. A vida melhorou muito depois disso, porque os dois eram pessoas de bom coração, e eu e os meus irmãos éramos todos afilhados da sinhá. Quando eu fiz 20 anos vim pra São Paulo, imagine pra quê?

– Não tenho a menor ideia – sorri o foca.

– Pra ser goleiro do Corinthians.

– Então você era bom de bola também?

– Eu era ótimo! – Carlão ri gostoso. – Foi um dos dirigentes do clube quem me trouxe, prometendo pra minha mãe tomar conta de mim na cidade grande. Mal eu cheguei, descobri as gafieiras... seu menino, nem conto, foi a minha paixão. Caí no samba, nos braços das cabrochas e não queria outra vida. Foi aí que o homem ficou preocupado e me disse: "Tome jeito, menino. Ou mando você de volta pra Ribeirão".

O foca se ajeita melhor na cadeira.

– E você voltou, hein, Carlão?

Carlão dá uma risada que o sacode todo, sacode até a cama velha:

– O homem me botou no trem de volta pra Ribeirão. Esperei ele sair da plataforma e pulei do trem, fui ser lavador de carro lá na praça das Bandeiras. Um dia poli o carro de um doutor que simpatizou comigo e me convidou pra motorista dele. O tio dele, que era radialista, me levou pra fazer um programa na Rádio Educadora, pertinho do Mercado Municipal. Foi o início da minha carreira de compositor. De lá pulei para a Rádio Record, ouvi o Francisco Alves cantando com a Alda Garrido, e arrumei a Rosa, aquela do casaco de peles, lembra, aquela que eu falei logo no começo da entrevista?

– Você teve muitas mulheres, Carlão?

– Se tive, menino, muitas. Eu sempre gostei de mulher, ainda gosto. Perdi a conta das mulheres que eu amei. Formava dupla, a gente se amarrava. Juntava os trapinhos, como se dizia naquele tempo... Fora as outras que não cantavam, né, só amavam.

– E você casou, Carlão?

– Casei não, menino, pra quê? Já não bastava ajuntar os trapinhos? Mas tive um filho, o Benedito, bom rapaz. Daqui a pouco eu conto um pouco da vida dele e da minha neta Lázara.

– Mas me fale mais de você – pede o foca. – De algum amor em especial, que tenha marcado a sua vida...

– Ah, teve a Lenita... que eu conheci na rua Ipiranga, ainda nem era avenida. Era magra, bonita. Me aproximei, ela foi com a minha cara. A gente formou aquela dupla, cantamos na Rádio Record, no programa do César Ladeira. Quando ele foi pro Rio, convidou a gente pra cantar na Rádio Mayrink Veiga. A Lenita ficou toda entusiasmada, disse que a gente podia ficar na casa da tia dela que morava no Rio. Mas, quando a gente chegou, ela lembrou: "Xi, Carlão, não podemos ficar na casa da tia não, a gente não é casado, e a tia é batista. Não vai aceitar...". A gente tava na estação e tinha pouco dinheiro, então perguntei pra dois crioulos simpáticos que estavam por ali onde é que havia um hotel barato. Me indicaram um e ainda me emprestaram dinheiro. Sabe quem eram? Zé Pretinho e Ataulfo Alves.

– Puxa, eu me amarrava neles, principalmente no Ataulfo, que *gentleman* que ele era! Um dia eu vi o Ataulfo na praça João Mendes todo elegante, de terno, gravata, colete: um lorde sambista.

Carlão batuca na caixinha de fósforos, ali mesmo na cama:

Sei que vou morrer, não sei a hora
Levarei saudade da Aurora.
Sei que vou morrer, não sei o dia
Levarei saudade da Maria.
Quero morrer, numa batucada de bamba,
Na cadência bonita do samba...
Quero morrer, numa batucada de bamba,
Na cadência bonita do samba...
O meu nome, ninguém vai botar na lama.
Diz o dito popular, morre o homem, fica a fama...
Quero morrer, numa batucada de bamba,
Na cadência bonita de um samba...

O foca adere:

– Beleza, Carlão, pura beleza!

– O samba, meu filho, não a vida... pois o Ladeira esqueceu o convite, e o remédio foi voltar a polir carro... lá no Rio. Mas continuei amigo do chapa Ataulfo, frequentei o café Nice, onde iam Francisco Alves, Nelson Gonçalves, Noel Rosa, Wilson Batista, os campeões daquele tempo. Foi aí, menino, que eu fiz as minhas primeiras músicas!

Caixinha de novo na mão, Carlão entoa, feliz da vida, o seu samba-enredo mais conhecido. Se transfigura enquanto canta, um brilho nos olhos, não é mais o negro pobre e cansado que mora num muquifo cheio de crianças, cachorros, quase duzentas pessoas nos quartinhos divididos por tabiques de madeira, três banheiros, um deles entupido, e um tanque com cinco bocas d'água pras mulheres lavarem a roupa, a louça, os filhos... sempre cheio de brigas, gritos, choros de crianças com fome, que as mães saíram pro emprego, e ficam sozinhas, à mercê da sorte ou de alguma vizinha caridosa que lhes dê comida.

– Esse é seu, meu velho? Joinha!

O foca entoa também, entusiasmado, a canção bonita. Vem gente se chegando dos quartos vizinhos, espiam pela porta entreaberta. Carlão ri.

– Não aguentam de curiosidade. Virei atração do cortiço...

– E sua carreira lá no Rio, Carlão? – insiste o foca.

– Ah, moço, lá no Rio eu cantei no programa do Renato Murce, onde apareciam os maiores nomes dos anos 50. Trabalhei também na Rádio Fluminense, que ficava numa chácara de Niterói, de onde saiu o apelido do Chacrinha... só que não dava pra viver da música, não. Era uma coisa boa de se fazer, mas não pra comer. O negócio era continuar polindo carro. De vez em quando, até hoje, eu recebo um dinheirinho por essa música que eu cantei, imagine só. Às vezes, preciso até brigar pra receber. Como é que se pode viver como artista, num país como este?

– Quer dizer que você fazia música e lavava carros pra sobreviver...

– Isso mesmo. A música e os carros foram a minha vida. E as mulheres também. Fiz toda a farra a que tive direito na vida e não me arrependo, não. Não me arrependo de nada, seu moço. Acabei trabalhando pra uma revendedora de carros, levando carro pra tudo que era cidade perdida no mapa. Tirando um salário que dava pra viver, salário mínimo, não mais que isso. Ainda faço os meus bicos, pra pagar este muquifo e comer. A bisneta ajuda, é muito minha amiga, ela trabalha, sempre aparece com uns agradinhos aqui pro negro velho.

– O que você sentiu quando foi eleito rei Momo? O primeiro rei Momo negro da cidade de São Paulo?

Carlão suspira fundo.

– Foi bonito, moço, foi bom. Repito, sou um velho, mas não me sinto velho. Não tenho tempo de envelhecer. Eu sempre me deito pensando no dia de amanhã. Eu fiz o que quis na vida, não fiz? Saí lá de Ribeirão quase menino pra ser goleiro, mas foi nas gafieiras que descobri minha vocação de sambista...

– E não pôde viver do samba...

– Que importa? A coisa vai mudar. O artista tem que aprender que precisa viver da sua profissão, deixar de ser um marginal. A gente abriu caminho pra essa moçada que vem vindo aí... Os tempos eram outros, difíceis, todo mundo achava que artista era vagabundo, mulher então nem se fala. Precisava até sair da família pra ser artista. Tá mudando, tá mudando...

– O que você faz como rei Momo? Qual é a sua rotina de vida, agora?

Carlão sorri, satisfeito.

– Folia, meu filho, folia. Desfiles de bandas, bailes de clubes, apresentações de escolas de samba... Só não descanso.

– Olhe o conselho do médico...

– Quem me levou ao tal médico foi a minha bisneta, Elisângela. Ela é jornalista como você, está se formando em faculdade de Comunicação, quer ser escritora também. É ela quem cuida de mim, vem me visitar sempre... ela é pior que o médico.

– Você disse que ia falar da sua família, do seu filho e da sua neta...

– Essa é a parte triste da minha vida – diz Carlão. – Primeiro contei a parte alegre, a parte da música, dos meus amores e das minhas andanças. Agora vem a parte pior...

– Quer descansar? Volto amanhã? – pergunta o foca, preocupado com a saúde do outro.

Carlão concorda:

– Melhor mesmo, logo mais vão vir me buscar, pra viajar. Preciso dormir um pouco. Volte amanhã, moço, que a gente conversa, eu conto a história dos dois, do Benedito e da Lázara. Mas se prepare que é história triste...

– Precisa de alguma coisa? Posso providenciar.

– Preciso não, só quero dormir um pouco... amanhã a gente conversa mais... hoje tem a viagem.

O foca desliga o gravador, a fita quase rodada de um lado... Cata seus papéis e vai saindo do quartinho. Carlão se enrodilha, vestido como está. Logo mais porá o manto, empunhará o cetro, colocará a coroa de lata na cabeça e sairá em direção à cidade natal, onde será recebido com todas as honras: Sua Majestade Primeira e Única, o Rei Momo. Um rei negro!

O foca tem um travo na garganta. Sei lá, é muito sensível. Mas o editor avisou, desde o começo:

– Faça a matéria, mas nada de envolvimento pessoal. Um bom jornalista conta os fatos, não se emociona com eles.

Olha em volta, o quarto miserável, a cama curta demais para o seu dono. Um fogareiro num canto, uma geladeira velha, cheia de ferrugem. Duas cadeiras, uma mesa cambaia. E jornais. De todos os dias que antecederam a eleição para rei Momo, contando da disputa. E finalmente o jornal do dia da eleição, Carlão sorridente, na primeira página, a barba branca encimada pelo sorriso da vitória. Enfim, um rei!

Os ecos de um tumbeiro ressoam, cruéis, no painel da memória... quantos, quantos, dormindo para sempre no fundo do oceano, pobre carne torturada. Alguns desembarcando no porto, trôpegos e apavorados, levados para o novo e cruel destino, a saga começando até chegar a Carlão, um descendente de rei ioruba que agora se dá por muito feliz em ser um rei Momo, morando num cortiço e usando sua coroa de latão dourado...

Voluntários...

No dia seguinte o foca volta, de gravador em punho. Bate na porta do quarto de Carlão, cansa de bater. Ninguém atende. Uma vizinha de cortiço espia e diz:

– Bata mais, moço, ele está aí. Chegou de madrugada da gandaia, imagine só, um homem de 80 anos. Tá pedindo a morte...

– Vire essa boca pra lá, Isaura. – Carlão abre a porta, cara de sono e poucos amigos. Convida: – Entre, rapaz, venha tomar café comigo...

Logo mais o café recende sobre o pequeno fogão, quase fogareiro, no canto do quarto. Carlão oferece um pacote de bolachas. Depois, o foca liga o gravador.

– Agora a história do seu filho que você me prometeu...

Carlão aspira fundo:

– Eu tive esse filho muito moço, sabe, 20 anos, uma loucura... Logo depois que cheguei a São Paulo. A mãe era uma morena linda de morrer, a gente se amou muito. Não casamos, não. Ela criou o menino, e eu ajudei como pude. Tava ainda muito verde, rapaz, nem tinha profissão definida, mas sempre mandava um dinheirinho pro menino. Vida de artista, aquela correria, de lá pra cá, a gente se escrevia, quando eu vinha pra São Paulo, matava as saudades...

depois ela se amigou com outro. Mas o menino cresceu, ficou um homem e quando tinha 18 anos...

– Ele procurou você – interrompe o foca.

– Ele foi chamado pra ser pracinha na guerra, lá na Itália – diz o Carlão. – Foi sempre assim. Na guerra do Paraguai os negros eram mandados como "voluntários" pelos senhores de escravos. Agora, pegaram a rapaziada do tiro de guerra – como era chamado naquele tempo o serviço militar obrigatório – pra formar o primeiro escalão que ia pra guerra... e havia também muitos negros, claro.

– Me conte isso direitinho. – O foca se endireitou na cadeira cambaia.

Carlão sorri, triste.

– Você nem era nascido, filho, nem sonhava com isso. O seu pai e a sua mãe eram meninos... Depois que submarinos alemães torpedearam navios brasileiros, o Brasil declarou guerra pra Alemanha. E se uniu com os aliados, os Estados Unidos, a Inglaterra e a União Soviética... a guerra tava quase no fim, mas ainda se lutava muito, principalmente lá na Itália. Então formaram o primeiro escalão, que devia embarcar num navio, pra frente de combate, com tropas de São Paulo e Rio, na maioria.

– E o seu filho foi chamado. Como é que ele reagiu a isso? O que a gente sente quando é convocado pra uma guerra e tem 18 anos?

– Ah, ele primeiro ficou todo orgulhoso, era tão novo, né? E tinha uma namoradinha com quem ele vivia aos agarros e eu avisava: "Bote tento, menino, que isso dá filho...".

– E deu? – O foca ri.

– Não deu outra. Nem bem o garoto embarcou, naquela euforia toda, achando que ia ser um herói de cinema, a garota me procurou: estava grávida e morria de medo de ser mandada pra fora da casa dela... mas isso te conto depois. Deixe eu falar como foi a chegada do meu menino na guerra...

– Você ia dizendo que ele estava eufórico, achando que era um herói...

– Isso aí. Despediu da família e foi se aquartelar lá no Rio. Ficaram meses treinando os novos armamentos que os americanos mandaram, porque o material brasileiro tava tudo obsoleto, sacou? Então tiveram que aprender a lidar com metralhadoras, morteiros... Isso lá num subúrbio de Cascadura. Além disso, tomaram todo tipo de vacina, pra tudo que era doença. Gozado, né, mandam o cara morrer na guerra, e mandam vacinado, com exames médicos, em plena forma.

– Que ironia, Carlão. E o rapaz dava notícias, lá do Rio?

Carlão levanta, pega uma velha caixa de sapatos. Abre. Lá dentro dezenas de cartas. Mostra:

– O garoto gostava de escrever, o danado. Por isso que sei tudo sobre a guerra... Ele começou escrevendo lá do quartel em Cascadura e continuou durante todo o ano que passou na Itália, até...

O foca interrompe novamente:

– E quando embarcaram?

Carlão continua, olhos fixos no vazio:

– A turma era toda muito nova. Faixa dos 20 anos, mais ou menos. Aprenderam a lidar com aquelas armas todas, além de canhões, carros e transporte, jipes, caminhões. A alvorada tocava às seis horas. Ficaram quase três meses treinando... embarcaram em 29 de junho de 44. Meu filho foi designado para um pelotão de metralhadoras, de doze homens, comandado por um sargento cuiabano, o Daniel, que inclusive fez um diário da guerra, sem faltar um dia, você precisa ler, camarada... Esse batalhão pertencia a uma companhia de infantaria e tinha por função soltar morteiros.

– Pô, Carlão, eu não entendo nada disso, explique melhor... – pede o foca, curioso.

– Isso quem me explicou foi meu filho. Dizia que era um tipo de canhão portátil que se carrega nas costas, com um cano de oito milímetros. É carregado com granadas que explodem no objetivo, ativadas pela carga que, por sua vez, explode dentro do cano, o tal morteiro... E a granada cai a dois, três quilômetros de distância. O Benedito adorava lidar com o morteiro, ficava todo orgulhoso, detonando aquela arma mortífera, a granada de cinco a oito quilos, a tal bomba de morteiro...

– E finalmente embarcaram para a Itália?

– É, rapaz, num naviozão americano chamado General Mann, tão grande que os soldados se perdiam pelos corredores. A tropa, o primeiro escalão, levou três dias embarcando – 5075 homens – e só partiu em 2 de julho. Levava, além dos soldados e oficiais, médicos, enfermeiros, aeronautas, jornalistas e até uma agência móvel do Banco do Brasil para as transações bancárias.

— Me diga uma coisa — pede o foca. — Sempre tive uma curiosidade louca de saber: o soldado ganha pra ir pra guerra?

Carlão sorri:

— O salário normal de um soldado era mais ou menos de 1950 réis. Mas eles inventaram o tal terço de campanha. Quer dizer: o salário era dividido por três: um terço ficava com o próprio soldado e ele podia gastar, trocado em liras, lá na Itália. O outro terço era pago à família, no Brasil. E o terceiro ficava depositado à espera dele... se ele voltasse da guerra. O salário era proporcional ao cargo: cabo, por exemplo, ganhava cerca de 2050 réis, e assim por diante...

— E me conte aí como foi a viagem...

— Bem, segundo as cartas do Benedito, a coisa foi feia... a turma enjoou adoidado. Tinha nego que não saía do beliche de meio metro de altura, não dava nem pra sentar. O pessoal era muito vigiado, não podia subir à noite no convés nem pra fumar um cigarro, porque o navio viajava às escuras... e tinha o problema da comida. Depois de enfrentar uma hora na fila pra receber a bandeja da boia, que eles chamavam de xepa, era aquela gororoba de carne doce, americana, que enjoava mais ainda os pobres dos estômagos dos brasileiros. Agora, a turma era endiabrada...

— Como assim? Me conte tudo, Carlão, não esconda nada...

— Tinha nego de estômago pra fora lá no beliche que só aguentava mesmo era comer uma maçã, pra não morrer de fome. Mas nem conseguia levantar da cama. Então os outros que passavam melhor iam e traziam a maçã, mas vendiam no câmbio negro, uma fortuna...

— Brincadeira! E quanto tempo durou a viagem?

— Saíram em 2 de julho e chegaram à baía de Nápoles em 16 de julho, catorze dias no mar, atravessando a linha do Equador e entrando pelo estreito de Gibraltar, com o famoso rochedo do mesmo nome. A viagem foi péssima... por causa do medo dos navios inimigos, da comida e do enjoo. Sem falar que nos porões, onde ficavam os beliches, o sistema de arejamento era bem deficiente. Os corpos cobriam-se de suor, os homens eram quase sufocados pela falta de ar. Muitos, como meu filho, deitavam-se nas escadas sob as escotilhas, para aspirar um pouco de ar fresco... O ruído das máquinas, o calor, o balanço do navio e a escuridão tornaram a viagem quase insuportável.

– E lá na Itália, como foram recebidos?

– Os pracinhas da FEB (Força Expedicionária Brasileira) chegaram ao porto de Nápoles e levaram aquele susto: todo destruído, com carcaças de navios afundados, um horror. Desembarcaram e foram acampar em Bagnóli, subúrbio de Nápoles, bem na cratera de um vulcão extinto, que tinha sido parque de caça de um rei italiano.

– O Vesúvio? – pergunta o foca.

Carlão ri.

– Não era, não, era outro vulcão, o Astroni. E estava extinto, tranquilão... Ali a roupa dos brasileiros foi trocada por roupa dada pelos americanos, estavam em pleno verão europeu. Os instrutores também eram todos americanos. Por falar nisso, o meu filho escreveu que no exército americano havia uma segregação danada: tinha batalhão só de negros e outro só de japoneses. Cada um separado do outro. Soldado branco americano nem se misturava com o soldado negro ou o japonês.

– E quem ia pra infantaria? Os negros, os japoneses ou os brancos? – pergunta o foca, espantado.

– Me pergunto isso, rapaz, me pergunto, sim. Não duvido nada se não botavam os negros e os japoneses bem na frente, na infantaria... enfim... Os oficiais de qualquer forma eram todos brancos, lá no exército deles. Ali começaram, novamente, os treinos com armamentos novos. Até os recrutas, como o meu filho, passaram a prontos, quer dizer: chega novato e vira soldado, pra enfrentar a guerra, sacou? Trocaram as botas com perneiras por botas de combate que os gringos chamavam de *combat boot*.

– E os alemães, onde é que eles estavam, afinal?

– Ninguém sabia. Estavam por ali, com certeza. Então mandavam patrulhas para ver os focos inimigos, que seriam atacados pelas armas pesadas, morteiros etc. Tanto podiam estar nos campos como nas cidades próximas. Essas patrulhas traziam informações. Enquanto isso, continuava a rotina do acampamento: alvorada às 6:30, café às 8. Almoço às 11. Jantar às 17 horas. Revista às 19. E toque de silêncio às 22 horas. Havia grande miséria em Nápoles, também quase toda destruída. O que salvava era a grande quantidade de frutas. O povo, maltrapilho, velhos, moços, crianças, trocava frutas por cigarros, que eram a grande preciosidade da guerra. Com cigarros se conseguia tudo: mantimentos, o que fosse. Meu filho trocou um pacote de cigarros por uma máquina fotográfica novinha e da melhor qualidade. Água não tinha: só para beber e fazer a comida e olhe lá. Banho era festa; quando havia, os soldados se lavavam com água do cantil ou fazendo chuveiro com lata de conservas pendurada numa árvore... Sem falar na temperatura: de dia muito quente, mas muito frio à noite. A alimentação começava a melhorar, com a instalação de fogões e comida cozida e quente...

– E seu filho contava tudo nas cartas?

– Tudo, não sei, porque acho que as cartas eram censuradas... às vezes chegavam cartas cortadas, truncadas, só passava mesmo o que eles queriam que a gente soubesse, talvez medo de a correspondência cair nas mãos do inimigo que estava por lá, em toda parte...

– E o rapaz devia sentir saudade, não é?

Carlão suspira.

– Pô, essa era a palavra que mais aparecia nas cartas. Saudade da família, da namorada, do país... de tudo. Devia ser triste demais ver aquela cidade destruída, toda aquela miséria... sabe que vinham às vezes crianças pra levarem os soldados pra casa, onde os esperavam as mães e irmãs em desespero, morrendo de fome, obrigadas a se prostituir? Foi realmente um tempo triste. Gente rondava o acampamento à espera de migalhas de comida... que os soldados distribuíam, comovidos com tanta miséria.

– Devia ser estranho para os brasileiros combaterem numa guerra que nem era deles, numa terra estranha, longe de tudo.

– Esta carta é de 30 de julho de 1944 – lembra Carlão. – Foi o dia do pagamento: 3 500 liras. Enquanto não entravam em combate, os soldados jogavam, principalmente pôquer, pra passar o tempo. Às vezes tinha alarme aéreo e as baterias abriam fogo sobre aviões não identificados que provavelmente seriam alemães... tudo ainda era expectativa...

Lembranças da guerra

– Você está com fome? – pergunta Carlão, levantando da cama. – Vou preparar uns ovos para nós. Não gosto de carne, sou vegetariano.

Logo mais a frigideira frige os ovos mexidos. Carlão come com vontade, o outro nem tanto. Tem pressa de terminar aquela matéria, levar para o jornal. Primeiro emprego, recém-formado na faculdade de Comunicação. Não tem sido fácil. A profissão está saturada de gente, é muito gostoso entrar na faculdade pra depois carpir à procura de emprego. A história do Carlão caíra do céu...

O velho põe o prato sobre o fogão.

– Quer continuar, filho?

– Eu agradeço muito. Tenho pressa de entregar a matéria...

Carlão torna a pegar a caixa com as cartas. Remexe lá dentro. Abre uma carta, lê um trecho, pega outra. E recomeça a falar:

– Como eu disse pra você, Nápoles era muito atacada pelos nazistas. As primeiras noites que os pracinhas passaram em Bagnóli, na tal cratera do Astroni, que tinha dois quilômetros de diâmetro, quase nem puderam dormir, por causa dos bombardeios sobre a cidade. A refeição, a xepa, ainda era de latinhas. Na primeira vinha batata, feijão e carne. Na segunda, seis bolachas, caramelos, pacotinho de café ou chocolate e pedras de açúcar. Mas logo arrumaram dois fogões e gasolina e a comida começou a ser preparada no próprio acampamento. Dizia o meu filho que havia gasolina na maior abundância por lá, usada não só para fazer comida e aquecer água como também para queimar o lixo. Vários soldados, escapando da vigilância, subiam pelas bordas verticais da cratera e iam tomar vinho nas casas vizinhas. Foi assim que descobriram várias covas que disseram ser de prisioneiros de um campo de concentração que existira ali, antes.

– E quanto tempo os brasileiros ficaram por ali? Qual o destino deles, afinal? Não podemos esquecer que a guerra estava no fim... Não é?

Carlão força a memória:

– Eles deviam marchar para o norte, sempre para o norte, para fazer os tedescos, como eram chamados os alemães, recuarem. Foram para Tarquínia, a 94 quilômetros de Roma. Pelo caminho todo, feito parte por trem e parte em caminhões, iam vendo ferrovias destruídas, armamento abandonado, peças de uniformes, mochilas, toda a história cruel da guerra. As pontes tinham sido todas bombardeadas, não havia mais nenhuma em pé. Passaram por Civitaveccia, quase toda destruída também, até finalmente acamparem em Tarquínia. Lá, contava meu filho, havia as catacumbas etruscas, que muitas vezes serviam de prisão para nossos soldados, o que o Benedito considerava injusto, pois eram cometidas faltas leves.

– E que falavam os italianos dos tedescos, afinal? Eram aliados, deviam ser bem tratados por eles, não?

– Aí é que você se engana, rapaz. – Carlão suspira. – Meu filho contou coisas horríveis que soube dos alemães. De onde se retiravam, levavam tudo, inclusive roupa de crianças, até o vinho que podiam carregar. Então metralhavam os tonéis para que nada fosse aproveitado... mas isso não foi o pior. Levavam com eles todos os homens úteis, e os que não queriam ir eram obrigados a se esconder nas montanhas, dias ou meses, até os alemães saírem de suas povoações ou cidades... De um convento com 250 freiras, mataram duas e sumiram com as demais. Nunca mais ninguém soube delas... sem falar nas vinganças...

O foca arregala os olhos.

– Que vinganças, Carlão? Pois não eram aliados, pô?

– Contaram para meu filho que um dia deixaram dois cadáveres na praça de um povoado. O padre foi e enterrou os corpos. Pois os tedescos, para retaliar, mataram o padre e toda a família dele e ainda botaram fogo na igreja... sem falar que, quando morria um paisano revolucionário, por ele pagavam meia dúzia do mesmo lugar, e da forma mais sádica possível: atiravam uma rajada de metralhadora na parte baixa do ventre, e deixavam o desgraçado agonizando, com as tripas de fora...

– Bonzinhos os tais tedescos, né? Quando a gente assiste filmes de guerra, pensa até que é exagero...

– Que nada – insiste Carlão. – Meu filho dizia que era muito pior. Mas os italianos não sofreram só com os alemães, estavam entre vários fogos. Os bombardeios dos aliados sobre as cidades italianas eram terríveis, deixavam só escombros... A população dos *paesi*, os pequenos povoados, padeciam a mais negra miséria. Mulheres e crianças faziam fila perto do rancho dos brasileiros, esmolando comida, se prostituindo por isso. E para nós, brasileiros, havia um perigo a mais. Os alemães punham minas nos cadáveres dos soldados. Quando os padioleiros encarregados iam recolhê-los, voavam em pedaços, ao primeiro toque...

– E como estava o ânimo da tropa, afinal? E os combates?

– Chegamos lá, meu filho – sorri Carlão. – Lá em Tarquínia os pracinhas receberam a visita do general Mark Clark, comandante do 5º Exército americano, ao qual a tropa brasileira foi integrada. De lá, partiram para Vada, próxima a Livorno. E de Vada, finalmente, em direção ao *front* Ospitaleto, perto de Pisa. No dia 17 de setembro, meu filho escreveu dizendo que em 48 horas substituiriam um regimento americano na frente de combate. Pouca coisa restava de Pisa, ruas inteiras em ruínas. A maioria das casas com tabuletas: cuidado, minas. Os alemães deixavam granadas *bomb-trap*, atrás das portas, amarradas num fio estirado no chão. Qualquer coisa que esbarrasse nele, acionava a mina e esta explodia. A cidade tinha sido bombardeada 45 vezes pelos aviões aliados. Meu filho contou de duas freiras que tinham fugido da cidade e agora, voltando a ela, contemplavam tristemente as ruínas do antigo convento. Só fora poupada a torre de Pisa, pelo seu valor histórico.

– E a tropa foi para o *front*...

– Foi. Passaram por dezenas de povoados, até Sam Macario in Piano, logo depois de Lucca, sempre para o norte, no cano da bota italiana. Ali estava finalmente o inimigo que o 6º Regimento de Infantaria brasileira tinha de enfrentar... o que fizeram na noite de 18 de setembro de 44.

– Em que condições seria feito esse combate?

– Segundo as cartas do meu filho, que estava na infantaria, os brasileiros deviam desalojar tropas alemãs que ficavam encasteladas em pontos estratégicos, principalmente morros, como foi a famosa tomada de Monte Castelo, realizada pelo 1º Regimento, auxiliado por tropas de elite, alpinistas, do exército americano. Os tedescos tomavam essas posições e metralhavam a estrada e tudo o que por ela passasse. A condição da infantaria era dura, meu rapaz. Faziam uns buracos individuais e se colocavam dentro, os *foxholes*, tocas de raposa. O outono começara e o frio chegava lento, mas terrível. Para essas tocas cavadas na terra, levavam rações enlatadas, munições, sacos de dormir. Às vezes chovia torrencialmente, as tocas ficavam inundadas, o jeito era pôr um piso feito de tábuas das caixas de rações. Mas o pior ainda estava por vir...

– Os soldados deviam ficar doentes, claro, em tais condições...

– Tinha uma doença temida entre os fuzileiros: os pés de trincheira. Com o frio, mesmo com as botas e meias de lã, parados ali dentro daqueles buracos, os pés endureciam, ficavam vermelhos e inchados, ameaçavam gangrena. Muitos tiveram problemas com isso, até amputação dos pés... Os brasileiros não estavam acostumados com o frio. Mais tarde a neve cairia cobrindo tudo... e, quando derretia, inundava os esconderijos, tornando a situação ainda pior.

– Mesmo assim, foram seguindo? Não havia revolta, não? Afinal combatiam tão longe de casa, por uma guerra que nem era deles...

– Havia, sim. Muita lamentação, isso quando dava tempo, né? Porque, lá dentro do buraco, a ordem era sobreviver... Tinham alegrias também, quando libertavam um povoado e entravam, sob a festa dos *paesani*[2], gritando: *Liberattori, liberattori*[3]... – com eles chegava a libertação dupla: dos bombardeios aliados e das atrocidades dos tedescos.

– E havia alguma distração para esses rapazes, tão longe da família, da pátria, podendo morrer a qualquer momento? – quer saber o foca.

Carlão apanha uma das cartas, mostra ao outro:

– Eles se viravam... jogavam seu pôquer, às vezes faziam campos de vôlei, futebol... Isso quando estavam em acampamento. Ouviam música por rádios rudimentares, fones de ouvido. Um ou outro *show* era organizado, para distrair as tropas... Se conseguiam ir a uma cidade, em licença, por exemplo, iam a cinemas. Geralmente o soldado arranjava uma namorada italiana, frequentava a casa de italianos, onde tomava vinho, comia castanhas e nozes... havia frutas em abundância, e era recebido com muita hospitalidade... Foi sobre uma dessas casas que meu filho contou um dos fatos mais tristes que ele presenciou. Uma garotinha, chamada Ana, de 10 anos, jantava na sala, quando uma granada explodiu e os estilhaços, entrando pela janela, estraçalharam o crânio da menina...

– A guerra é uma coisa sórdida, suja. – O foca endireita-se na cadeira, a boca seca, sem saliva. – São sempre os inocentes, os civis que pagam o pato. Os donos da guerra fazem os planos, armam o seu joguinho sujo, esquecendo que ali estão homens e mulheres, velhos e crianças.

Carlão concorda:

– Os nossos filhos, os jovens que tomam todas as vacinas e vão morrer lá num campo minado, debaixo da neve, os pés gangrenados de frio, a roupa imunda colada ao corpo, sem banho, sem quase água pra beber, convivendo com os destroços da guerra.

– Mas os tedescos iam recuando sempre para o norte...

– Os brasileiros já estavam próximos de Florença... Aproveita-

[2] *Paesani*: "camponeses", em italiano.

[3] *Liberattori*: "libertadores", em italiano.

ram para conhecer a cidade, os que puderam, principalmente os oficiais. Meu filho deu uma escapadinha, gostava de ver as catedrais famosas, os museus. Estavam acantonados em Cabane, de lá partiram para Sila. E continuaram a avançar... Aproximava-se o Natal. No dia 23 começaram a cair os primeiros flocos de neve... Os soldados que transportavam a ração K, único alimento a chegar no alto das encostas, escorregavam na neve, precisavam ser ajudados por alpinistas. A neve atingia meio metro de altura. Soldados menos resistentes ao frio congelavam dentro dos abrigos. Para evitar isso, usavam camas/sacos de penas. Forravam as botas com jornais, descoberta inteligente dos brasileiros. A artilharia inimiga não dava trégua, despejando bombas de grosso calibre. Ao contrário dos alemães, os brasileiros só ocupavam casas abandonadas ou emprestavam cômodos das que ainda eram habitadas. Mas os fuzileiros, esses ficavam mesmo nos *foxholes*, enfrentando o desafio da natureza. Por essa época as baixas eram muitas, alguns mortos por estilhaços de granadas, outros por doenças, alguns pelo frio. A qualquer momento uma granada podia colher um soldado que não se abaixasse a tempo. Os feridos eram enviados para os hospitais de campanha, os casos mais graves, que exigiam plástica ou prótese, eram mandados para os Estados Unidos.

– Seu filho falou sobre Monte Castelo?

Carlão abriu uma carta amarelada pelo tempo, leu:

Querido pai,

Dia 20 de fevereiro, finalmente, Monte Castelo caiu nas mãos dos brasileiros, conquistado pelo 1º. Regimento. Apesar de os americanos terem ajudado muito, subindo pelo outro lado da encosta, os nossos também caíram como moscas, escalando a montanha, enquanto a artilharia apoiava e os morteirinhos, no sopé do monte, davam cobertura. Ontem, dia 12 de março, nosso batalhão conquistou o Monte Sopra Sasso, imenso rochedo à nossa direita, onde estava um importante observatório alemão, dominando a estrada Pistoia–Bolonha. Situado numa ponta de rocha inacessível, de 60 metros, só foi possível ser tomado desbordando pela direita... onde antes havia o inimigo, estão agora as silhuetas dos nossos soldados... que alegre visão!

Tomei parte nessa operação, avançando com uma das peças de morteiro, ajudando o pelotão de fuzileiros que escalava o morro... Vi companheiros tombarem, o sangue escorrendo da cabeça arrebentada. Gente que jogava pôquer comigo, que ria e brincava, namorando as belas italianas. Tenho tanta saudade daí... como vão a Deolinda e a criança? Estou escrevendo também para ela, pergunte se tem recebido minhas cartas, mando algum dinheiro também. Papai, reze por mim, neste inferno, para que eu possa voltar e conhecer minha filha.

Um grande beijo do seu amigo e filho devotado,

Benedito.

O fim da guerra

De repente, o silêncio se abate sobre eles. Paira uma interrogação no ar, como se uma sombra se projetasse na parede da memória.

– E seu filho... voltou da guerra? – O foca faz a pergunta inevitável, olhando bem de frente para Carlão.

Carlão enxuga uma lágrima que teima em rolar pelo rosto:

– Leia esta carta:

O governo Brasileiro, através do Ministério da Guerra, tem o pesar de comunicar o falecimento em ação, no dia 22 de abril de 1945, do soldado Benedito da Silva, classe 1926, pertencente ao 1º Batalhão, 6º Regimento de Infantaria. Seu corpo foi recolhido e sepultado no cemitério de Pistoia, quadra B, sepultura nº 72, sinal: lenho provisório[4].

Em virtude de seus feitos heroicos, pois era voluntário nessa missão, e tendo perecido na defesa dos seus companheiros, favorecendo a retirada deles, foi promovido post-mortem *a sargento e recebeu as seguintes medalhas: Medalha de Campanha, Medalha de Sangue e Medalha Cruz de Combate, 1ª classe, esta conferida à ação de feito excepcional na campanha da Itália e que passamos, em anexo, às suas mãos.*

[4] Lenho provisório: cruz de madeira tosca, colocada provisoriamente na sepultura.

A família será avisada, proximamente, para receber os outros bens pessoais do falecido. Terminada a guerra, seus restos mortais serão transladados para o Brasil. Reiterando nossos votos de pesar,

Muito cordialmente,
Gabinete do Ministro.

– Tão perto do fim da guerra, que ironia...

– Os brasileiros continuaram a caminhada – num visível esforço, Carlão tenta se recuperar da emoção –, sempre para o norte. O 6º Regimento foi muito visado, seus feridos e mortos ultrapassaram de muito as baixas sofridas na tomada de Monte Castelo. O inimigo estava derrotado, mas como animal ferido era ainda mais perigoso. A artilharia deles metralhava constantemente as nossas tropas, e foi num desses ataques, quando o batalhão se dirigia a Módena, que mataram o meu filho.

– E você, naturalmente, depois da morte de seu filho, perdeu o contato com a guerra?

– Eu tinha notícias por jornais, ou cartas de colegas dele para as famílias. Só o batalhão do meu filho fez em dois dias 3 mil prisioneiros, e o regimento cerca de 16 mil. Foi a companhia da FEB que mais teve prisioneiros de guerra. Os alemães batiam em fuga, completamente vencidos, puxando canhões com tração animal. Dia 2 de maio, as tropas alemãs no norte da Itália e parte da Áustria renderam-se incondicionalmente... nesse mesmo dia, segundo colegas do meu filho que voltaram da guerra, sãos e salvos, foi recolhida a munição. Terminava a campanha dos brasileiros na Europa.

– E o fim da guerra foi logo depois – lembra o foca. – Meu Deus, eu nem sonhava nascer. Mas meus avós contam, foi no dia 8 de maio: todos os sinos repicaram, pela cidade inteira... Se aqui tão longe daquele massacre foi tanta alegria, imagine entre as pessoas que tinham sofrido o horror da guerra...

Carlão continua, embalado pelas lembranças:

– Os brasileiros deviam embarcar de retorno ao Brasil pelo porto de Gênova, perto de onde estavam. Porém este estava tão obstruído por minas, que ficou decidido que embarcariam por onde chegaram, o porto de Nápoles. Sabe, rapaz, foi bonito... as tropas brasileiras chegaram até a fronteira francesa, em Susa, a noroeste, passando por Parma, Milão, todo o norte da Itália, até se encontrarem com as tropas francesas. Pena que meu filho não pôde ver o fim da guerra...

– Nem conhecer a filha dele – lembra o foca –, que já havia nascido.

– Nasceu em novembro de 1944, pobre menina, não chegou a conhecer o pai. Eu criei essa neta com todo o carinho, ela às vezes até viajava comigo... O nome dela era Lázara...

O foca franze as sobrancelhas:

– Era? Você disse era? Ela... também morreu?

O olhar de Carlão fala melhor que as palavras. Há imensa dor nele.

– Não sei se está viva ou morta, meu rapaz, e isso é o que mais me dói. Me dá um tempo, tá? Preciso reunir mais forças pra contar a história da Lázara...

– Prefere que eu volte amanhã? Você precisa descansar um pouco – sugere o foca, virando a fita do gravador.

– Não, prefiro falar agora, até me faz bem desabafar, não tenho muitas pessoas com quem possa falar disso... me dá só o tempo de tomar um café. Aceita também?

Carlão esquenta o café, numa pequena caneca. Sobre a cama, em desordem, as cartas do filho morto na guerra.

– E mandaram mesmo os despojos dos pracinhas para o Brasil, como prometeram, Carlão?

– Mandaram. – Carlão estende a canequinha com o café. – Estão lá num panteão no Rio de Janeiro, a capital da República naquele tempo. O presidente era o Getúlio, que fizera um discurso para os pracinhas, quando eles foram para a guerra. Mas voltou muita gente viva, também. Voltar de uma guerra é um verdadeiro milagre, meu filho, pura sorte. E sobrou muito mutilado que, como eu disse, foi mandado para os Estados Unidos, onde havia mais recursos médicos, naquele tempo.

Carlão guarda as cartas cuidadosamente dentro da velha caixa de sapatos. Acha um retrato.

– Olhe, este é o Benedito. Quando ia embarcar para o Rio de Janeiro, já de uniforme. Um rapaz bonito, forte, saudável... disseram que a granada rebentou a cabeça dele, escorreu todo o miolo pra fora... E os colegas nem podiam acudir, tinham de seguir em frente, pra isso vinham os padioleiros bem ligeiros, antes que os alemães pusessem minas nos cadáveres dos brasileiros.

O foca confere.

– Rapaz bonito, mesmo. Tão sorridente, 18 anos, pô! Muito cedo pra morrer, e ainda desse jeito.

– Fez 19 lá na Itália. Fizeram uma festa pra ele, com ração K. – Carlão guarda o retrato, com carinho. – Teve o filho de um vizinho meu que voltou, inteirinho. Sorte dele, bom moço. Tá vivo até hoje.

O foca aguarda alguns momentos que o outro controle a emoção. Depois cutuca, suave:

– Quer falar agora da sua neta ou prefere que eu volte amanhã? Não quero cansá-lo demais.

Carlão sorri:

– Bobagem, filho, esse meu coração tem 80 anos, aguentou muito tranco da vida. Vamos falar, sim, agora eu posso falar. Teve tempo que não podia, sabe, se abrisse a boca a gente ia ter o mesmo destino...

– É, tempo bravo aquele – suspira o foca. – Eu era criança e já ouvia as piadinhas: "O que você acha? – Não acho nada, teve um que achou e não acharam mais ele".

– É, piadinha boa, pra quem não tinha parente sumido como eu. Eu disse que criei a minha neta, a Lázara, junto com a mãe dela. Então fui um pouco pai, um pouco avô, eu tinha loucura por aquela menina... desde pequena ela não tinha medo de nada, brincava na rua, batia, enfrentava qualquer parada, até parecia um garoto, não uma menina, de fita na cabeça.

– Bobagem, Carlão – discordou o foca. – Tem mais essa não. Mulher, homem é tudo igual, a gente agora não faz diferença não.

– Esqueceu que eu tenho 80 anos, rapaz? No meu tempo, mulher a gente tratava assim com muito carinho, sei lá, como se fosse flor. Agora é que as mulheres tão ficando igual aos homens, querem fazer tudo igual, sei não, sei não...

– Não me venha dizer que você é machista, Carlão. – O foca ri. – As mulheres têm direito, ué, se têm capacidade igual, por que não exercer os mesmos cargos, serem pessoas inteiras?

– Eu sei, tô só comentando. Eu mesmo tenho uma bisneta, você precisa conhecer, é colega sua, tá estudando em faculdade de Comunicação. Boa garota, é isso aí que você falou, ela é feminista.

– É filha da Lázara?

– É; eu só tive um filho, uma neta e uma bisneta. Ela é tudo que eu tenho agora. Mas deixa eu contar a história da mãe dela, a Lázara.

– Você disse que ajudou a criar a menina.

– A gente era unha e carne, às vezes até levava ela pra Rádio onde eu ia me apresentar. Era uma menina viva, inteligente, corajosa. Quando ficou mais velha foi trabalhar numa fábrica, numa tecelagem, e começou a ser uma verdadeira líder entre os companheiros, mesmo os homens a respeitavam, porque ela tinha idéias, sacou?

– Que época foi isso? – pergunta o foca.

– Na década de 60, finzinho dela, 1969, por aí. Ela já trabalhava fazia tempo, mas foi amadurecendo as idéias, como me dizia: "Vô, este país precisa mudar, precisamos sair dessa ditadura de generais".

– E você, o que dizia? – O foca está cada vez mais interessado. Santa ideia de vir entrevistar aquele rei Momo, o Carlão.

– Eu punha água na fervura dela. Dizia: "Vá com calma, minha neta, qualquer dia os homens pegam você, vá com calma, não se esqueça que tem uma filha pra criar". Nesse tempo a Lázara tinha se casado com o José, um motorista de praça que era também um boa-praça. E tinham a Elisângela, uma garotinha de uns 4 pra 5 anos que era a minha paixão...

– E a Lázara ouviu o conselho?

Carlão suspira fundo.

– E ela ouvia alguém, rapaz? Com toda a coragem da juventude, achava que precisava falar, que alguém tinha de alertar aqueles operários sobre os direitos deles. Então faziam reunião, greve, até que um dia foram todos despedidos. Mas a Lázara era uma força muito grande no sindicato de classe e, mesmo despedida, continuou falando, de justiça social, essas coisas.

– E não houve repressão?

– Foi o que aconteceu. Fizeram a intervenção nos sindicatos e um dia... – Carlão faz uma pausa, mas se recompõe. – Um dia bem cedo invadiram a casa de minha neta, carregaram com ela, sem dizer pra onde iam... deixando a família toda desesperada.

– E vocês não tomaram nenhuma providência? – quer saber o foca.

– Tomamos, claro que tomamos. Fomos à polícia, fomos a tudo que foi lugar. Você era criança, meu filho, não lembra desses tempos trágicos. A gente dava queixa, eles diziam: "Vamos ver o que se pode fazer, voltem a semana que vem...", a gente voltava, ia pros jornais, eles estavam sob censura, não podiam publicar nada. E assim foram se passando os dias, os meses, a gente naquele desespero, ouvindo falar de torturas e mortes.

– E você nunca mais teve notícias da Lázara? – o foca pergunta, comovido.

Carlão olha bem nos olhos do jornalista. E conclui, com a voz áspera, quase dura:

– Nunca mais, meu filho, nunca mais. Eu queria ao menos um cadáver pra mandar enterrar e depois rezar ao lado da cova da minha neta. Nem isso eles me deram. Não sei se está viva ou morta, deve estar morta, já me conformei com isso. Esperei que ela voltasse dos mortos, como o Lázaro da Bíblia, que o Cristo ressuscitou. Até parece que eu já sabia: fui eu que escolhi o nome dela...

– Mas, quando veio a anistia, não se pôde pedir alguma satisfação, exigir listas de desaparecidos, de mortos?!

– Ah, meu filho! – Cartão suspira fundo. – Tem muito segredo ainda guardado, tem gente com tanto crime nas costas que ninguém sabe... viu na Argentina, no Chile, como foi? Tem muita gente como eu, com perguntas sem respostas, querendo resgatar seus mortos.

– Esta entrevista pode ajudar, não pode? Quem sabe você terá algumas respostas desta vez.

– Quem sabe! – Carlão procura em vão alguma coisa entre os velhos papéis. – Não tenho nenhuma fotografia dela. Ela não gostava. Era uma mulher pequena, frágil, mas com uma força! Ela liderava mesmo, quando se punha a falar todos escutavam... era disso que os homens tinham medo: das palavras, das ideias. Eles queriam matar as ideias, meu filho!

A oitava geração

Dia 22 de abril de 1985. Manhã.

Elisângela acorda com o telefone tocando. Ainda meio sonada, atende:

– Alô!

A voz do outro lado do fio é seca e definitiva:

– Aqui é uma vizinha do Carlão. Olhe, venha logo que ele amanheceu morto. Morreu dormindo, a gente descobriu por acaso, não sabemos o que fazer... você é a única parente que ele tem, não é?

Um soco na cara. Desliga o telefone, muda, perplexa. Meu Deus, o que a gente faz numa hora dessas? Chama o pai, claro, que deve estar dormindo no quarto ao lado no pequeno apartamento que dividem. Não, Elisângela se esqueceu de que o pai viajou, foi levar umas encomendas do banco para outra cidade, assim tipo missão de confiança, o correio anda atrasando muito por causa das greves... você está sozinha nisso, moça, se vire!

Abre a torneira da pia, molha o rosto, escova os dentes, vai pra cozinha fazer café. Quando toma o primeiro gole bem quente, sente que acorda e coloca aos poucos as ideias em ordem. Carlão morto enquanto dormia... Bem que ela avisara: "Não exagere, bisa, o senhor tem 80 anos...". O sorriso maroto no rosto brejeiro: "Não tenho tempo pra envelhecer".

Agora morto, dormindo, dissera a vizinha? Como é que descobriu? Vai ver a porta estava aberta, o avô tão descuidado. Ela sempre pedindo: "Cuidado com os ladrões, com assalto, São Paulo não é mais a cidade que você conheceu quando veio do interior...". E o velho fazendo careta: "Pra roubar o quê, minha neta? Esses cacos que eu tenho aqui? Só se for pra roubar minha coroa e o meu manto. Mas isso eu não deixo não, eu reajo. É a única herança que eu tenho pra deixar pra você, meu manto, meu cetro e minha coroa de latão dourado...".

Elisângela quer chorar, não consegue. Chorar, por quê? Aquele bisavô não fez tudo a que teve direito na vida? Viera bem moço lá de Ribeirão, caíra no samba e na farra, tivera um filho natural que morreu lá na Itália como voluntário, estraçalhado por uma mina alemã; compusera sambas lindos, correndo o país de ponta a ponta, excursionando em dupla com as parceiras/namoradas, com as quais ele sempre acabava juntando os trapinhos. Chorar pra quê? O velho tivera uma boa vida... sacrificada, claro, lavando e polindo carros, esmolando quase os seus direitos autorais que vinham de pingado. E daí? Não foi a vida que ele escolheu, a de que ele gostava? Teve gente que ofereceu serviço público; ser servente de alguma repartição, de colarinho e gravata, salário no fim do mês, ele respondia: "Fui feito não pra ficar parado, abrindo porta pra cartola. Meu negócio é a liberdade... meu negócio é o samba".

Elisângela sorri, lembrando... desde pequena, encarapitada no cangote do bisavô, quase um gigante negro, lá ia ela pros ensaios das escolas de samba, onde o vô mantinha eternas amizades, principalmente em São Paulo, onde passou os últimos anos: a Vai-Vai, a Nenê de Vila Matilde, a Mocidade Alegre, tantas outras, onde o Carlão chegava, era sempre uma festa.

– Sente, companheiro, conte as novidades, tem samba novo?

Ele tinha sempre um samba no bolso do colete. Punha-se a cantar, fazendo o acompanhamento na caixinha de fósforos ou na garrafa de cerveja que ele adorava, bem geladinha. E ela ali, ao lado dele, curtindo toda aquela animação, aquela ânsia de vida que vinha do bisavô.

– Você não envelhece nunca, ó Carlão?

– Tenho tempo não, companheiro, eu tô ficando é cada vez mais moço.

– E os amores, velho?

– Cada vez melhor. – Carlão abria a sua risada, única, inconfundível, uma gargalhada cheia de vida, de motivação de vida.

– Como vai a Lázara?

– Tá na dela, levantando o pessoal pra greve, pro sindicato.

– Abra os olhos, companheiro, que ela ainda acaba mal... os homens não tão dando moleza, você sabe disso, não deixe ela se meter com esses cartolas que dá rebu, ainda mais que tem filha pequena pra criar, essa belezinha aí...

Elisângela se veste devagar, sem pressa. Tenta se lembrar de Lázara: tinha só 5 anos quando a levaram, uma mulher pequena, decerto puxara à mãe dela, porque o pai, o Benedito, era um homenzarrão como o Carlão... família de gigantes, pô! A Lázara era miudinha, e o marido, o José, embora concordando com a mulher, pedia:

– Faça, mas tome cuidado...

– Cuidado? – A Lázara fazia um muxoxo. – É porque todo mundo toma cuidado que este país tá desse jeito, todo mundo calado, agradecendo as migalhas, a gente tem mais é de reclamar.

– Cuidado, lembre da nossa filha – pedia o José, preocupado.

Elisângela era criança, tem retalhos de memória. A mãe saindo para o trabalho bem cedo, beijando-a no berço.

– Tchau, meu amor, a mãe volta logo, fique bem boazinha.

Quem tomava mesmo conta dela era o José, às vezes até a levava junto, no táxi. Outras vezes ficava com o bisavô, ele fazendo sambas, derreado lá na cama dele, ela fazendo o diabo no quarto pobre, tirando tudo do lugar.

– Que bagunça, pai, o senhor deixa ela fazer o que quer... – era a Lázara abrindo a porta, vindo buscar a filha. Ela chamava Carlão de pai, ele a tinha criado como filha. E a diferença nem era tão grande assim de idade. Um avô com idade pra ser pai. E ele respondia, rindo:

– Deixe a menina, tem tempo de crescer e ser obediente, deixe ela fazer bagunça, vai quebrar o quê?

Levantava-a no colo, bem alto, gritando:

– Minha princesa, o que você quer? Diga que eu vou buscar...

– Ah, eu quero a lua! – respondia ela, acreditando que o bisa ia poder lhe trazer mesmo a lua. Tinha uma confiança incrível naquele homenzarrão, como se ele fosse um gênio da lâmpada, capaz de realizar todos os seus desejos.

– Vou ver o que posso fazer – dizia ele, e ela esperava pela lua. Mentira, não; sonho, ilusão, é preciso sonhar...

Na fila do ônibus, que demora, demora, Elisângela continua o fio dos pensamentos, como numa escalada dentro de si mesma. Quando foi eleito rei Momo, já aos 80 anos, o bisa convidou-a para a eleição e coroação. Depois disse:

– Não pude dar a lua pra você, menina, mas lhe dou esta coroa e este manto e ainda o cetro de cambulhada. São seus, faça de conta que é a minha herança, porque só restou você, e de você vão sair os outros que não vão me deixar morrer...

Uma lágrima esquiva desce pelo rosto, ela enxuga rápido, com pudor da própria emoção. Seu sentimento é só dela, não quer que ninguém saiba. Atrás dela, outros na fila do ônibus mal percebem o gesto. Estão falando de outra coisa, afinal hoje é um dia diferente, 22 de abril de 1985, hoje é feriado nacional, pois ontem morreu o presidente!

O ônibus chega e Elisângela sobe, seguida pelos demais. Agora os pensamentos se misturam, embaralham todos. Relembra os últimos meses, a alegria, a agitação, depois de 21 anos de ditadura, a luz no fim do túnel. Que vai clareando, clareando, como consciência viva: reúnem-se as forças democráticas da nação, começam os comícios pró-diretas, aquele, inesquecível, da praça da Sé, onde tinha até bebê de colo, ela no meio da multidão, cantando o Hino Nacional, todos de mãos dadas, uma maré humana escoando pela praça, pelas ruas, estradas, levando a todo o país um rastilho de esperança: a democracia. Outros como aquele, no Rio, Minas, Paraná... Ela não pôde ir, cadê dinheiro? Assistia pela TV, lia nos jornais, nas revistas, o sangue pulsando rápido nas veias, será que é desta vez? O país acordando da inércia, do pesadelo, da própria alienação, o povo percebendo o seu poder enquanto sai às ruas e exige! Seria verdade que isso estava acontecendo? Ela tem 20 anos agora, nasceu um ano depois da tal revolução que ficou 21 anos no poder, castrando todas as lideranças, afundando o país em dívidas externas, punindo, reprimindo, sequestrando, torturando e matando, como tinham feito com a Lázara, como fizeram com tantos!

Lembra tão bem daquela manhã trágica! Tinha 5 anos mas lembra, como lembra, como se tudo estivesse gravado a fogo nas suas retinas. A porta aberta a pontapés, aqueles homens sombrios invadindo a pequena casa, no subúrbio, arrancando a mãe da cama, de camisola e tudo, ela se levantando, acordando no berço, abrindo o berreiro, enquanto arrastam e levam a mãe sob os gritos do pai, contido com uma arma na cabeça:

– Quieto ou estouro os seus miolos e os da criança!

Nunca mais... em que sombrios porões ficou Lázara?, talvez no casarão, ali bem perto no Paraíso, onde os vizinhos forravam os ouvidos com tampões para não ouvir os gritos e gemidos, dizem que ficou até mal-assombrado. Que vis torturas, eletrochoques, paus de arara, dentes arrancados a sangue-frio, unhas tiradas a torquês... E sempre um médico ao lado, como faziam nos navios negreiros ou nos troncos da escravidão:

– Pode continuar que ela aguenta!

Um calafrio de revolta passa pelo corpo de Elisângela, a esfria toda. Em que vala escura, no meio da noite, atiraram o cadáver da sua mãe? Ou no fundo de algum rio, ou ali mesmo, numa cova rasa, cavada às pressas, no próprio porão? Sem nome, sem data ou razão? Quantos como ela? Retirados às pressas, sem motivo ou legalidade, de suas próprias casas, de madrugada, colhidos nas calçadas, enfiados rápido dentro de carros, onde policiais à paisana, ou quem quer que fosse, cumpriam ordens. Nas ditaduras até o guarda da esquina se julga o senhor da vida e da morte, e os que vêm com missão a cumprir têm sempre a mesma desculpa, como os nazistas:

– Cumprimos ordens.

Onde a consciência de cada um? Onde o livre-arbítrio? Ninguém cumpre ordens: todo mundo compactua com alguma coisa. Amarremos este no escapamento do carro, vamos ligar o motor, vai parecer suicídio... aquele se faz um belo arranjo nos freios, faz de conta que morre em acidente. Aquele sumiu sem deixar vestígios? Ora, viajou! Quem pode saber de um subversivo? Vai ver foi para Cuba, esperem notícias, esperem notícias, esperem notícias... De vez em quando uma enxada por acaso bate numa ossada: de quem é, de quem não é? Tem os dedos amputados, não há identificação possível. Abrem-se caixões fictícios, em covas destinadas a indigentes, vazios. Cadê o corpo, de quem era o corpo? (Sossegue: na Argentina e no Chile foi pior, dizem.)

Há listas organizadas pela oposição... com desaparecidos. Onde estão eles? Por onde procurá-los? Vivos ou mortos? Talvez colocar um cartaz assim, como no antigo faroeste:

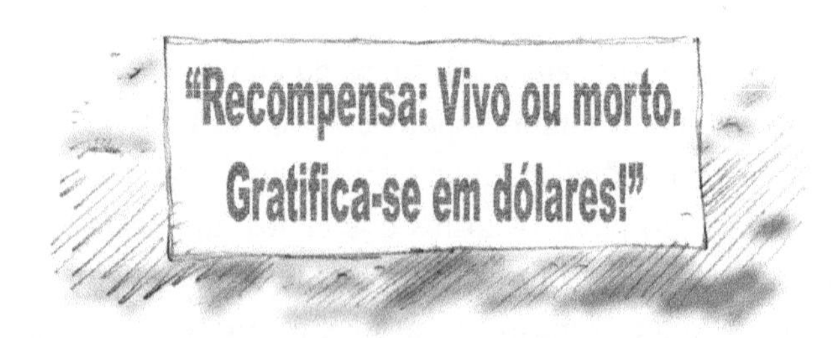

Devem estar todos mortos, com certeza, os mortos não falam, não sentam nos bancos de testemunhas, para acusar: "foram eles". Os mortos são os melhores comparsas do arbítrio.

Sem cova, sem quadra ou número, em algum lugar da Terra está o que restou de Lázara: frágil, miúda, corajosa, uma voz, uma VOZ!, falando em justiça social, em direito dos trabalhadores, em melhores salários, em dignidade para a mulher trabalhadora: pedindo creches, o direito de amamentar os filhos, o direito de ser tratada como gente.

– Esses negros ganharam a alforria e agora se metem a líderes de sindicatos...

Quem falou? Ah, foi um colarinho branco que mora num bairro de elite, explora os seus operários, não faz a creche que a lei manda, anda de Mercedes e apoiou a revolução de 64, com medo do comunismo. Falar em justiça social é subversão; falar em salário justo, em menos horas de trabalho: pô, que comunista vermelho, vá pra Cuba, meu, vá beijar a mão do barbudo!

Um nome para Lázara, uma data, um número, uma placa onde rezar, levar flores, depositar suas lágrimas. Onde estás, mãe, onde estás?

O ônibus vai parando nos pontos, onde a fila aumenta. Todos saem de casa em direção à avenida Brasil, onde vai passar o cortejo presidencial. Ali, num cortiço miserável, também jaz um rei, velho e negro – descendente de um rei ioruba –, que deixou de herança uma capa vermelha de lamê, uma coroa de latão dourado... Cujo filho morreu como voluntário em missão lá na Itália, servindo o país, esse mesmo país que sumiu depois com a filha dele, em nome de quê, de quê? Tem nome isso? A inconsciência dos homens, a insanidade dos homens... o horror: "ONDE ESTÁS, SENHOR DEUS?".

Mas o ar puro começa a entrar. Já se fala mais claro e alto, já não se tem mais tanto medo porque já não se some com as pessoas como antes. Vem a anistia, os presos políticos retornam, e dão entrevistas, se admirando de como chegam e desembarcam tão fácil. A roda do tempo, da política está girando, feito roleta-russa. As coisas, os ditadores caem de podres, desabam sobre a própria argamassa que projetaram em painéis de lama e de vícios. Os comícios, o povo nas ruas, cantando o Hino Nacional, exigindo, impondo – será que sabem o poder que têm nas mãos? Saindo de todas as esquinas, frinchas, brechas, galopando em direção às praças... é a força viva da nação, crianças no colo, no pescoço, velhos, moços, homens, mulheres... espremidos, comprimidos na vaga humana que se insinua, exigindo, clamando:

– Democracia! Democracia! Queremos eleições diretas!

Emenda Dante de Oliveira, expectativa, passa ou não passa? O adversário se une, se agrega. Não passa! Um *ah!* de desânimo varre a população, as galerias do Congresso choram... Elisângela está lá, catou todos os tostões e foi lá, varou a repressão das ruas, das portas do Congresso, falsificou crachá, entrou, está chorando nas galerias, é o povo que chora. Mas está atento, chora mas não perdeu a guerra, apenas uma batalha, só isso, sai chorando do Congresso, cercado por tropas de um general sádico que grita de chicote na mão. Mas existe uma voz maior, civil como a "daquele herói enlouquecido de esperança": Tiradentes!

A luta continua. Na faculdade de Comunicação o assunto é um só: diretas, Constituinte, eleição pra presidente. Ela tem 20 anos, logo terá 21, tem o sagrado direito de votar, ela quer votar pra presidente, exige isso!

A oposição reorganiza-se, aglutina-se em volta de um nome comum: Tancredo. Tem gente que não gosta dele, diz que é ranço do Getúlio, mas fala mais alto o bom-senso: um presidente de conciliação pra alcançar os objetivos democráticos.

Aos poucos todos aderem, apoiam, cerram fileiras em torno de Tancredo. Os dias passam, chega o dia da votação, o país para. Quem decide é o tal do Colégio Eleitoral – TVs de todo o país ligadas, uma emoção comum. Quando o deputado que configura a vitória, metade mais um, vota: TANCREDO!, o país explode, rojões sobem, estalam no ar, uma alegria calada durante 21 anos canta numa força comum:

– Vencemos! Vencemos! VENCEMOS!

– Taí, velho – diz Elisângela para o bisavô, o Carlão. – Pensa que só você votou pra presidente? Agora conquistamos nós, os jovens, esse mesmo direito.

Carlão sorri, feliz:

– Pena que a Lázara não teve tempo de ver isso, minha filha...

– E quem disse que não? Garanto pra você que ela está...

Tá vendo, não está, mãe? Sua luta, a luta de tantos não foi em vão... O avô morreu, a cabeça estraçalhada por uma granada, lá na Itália, dando a vida pela pátria, defendendo uma pátria que nem era a dele, mas o esforço comum de uma humanidade contra o desvario nazista... Você sumiu numa madrugada escura... Pra onde? Pra onde, mãe? E tantos outros, os nossos antepassados, pó agora na névoa dos tempos... Morrendo como Ajahi, fuzilado em Salvador, varado de mil tiros... Nada, nada é em vão! Como uma corrente, construindo uma nova pátria, de liberdade e justiça... Estamos começando, mãe, este é um continente de injustiças, misérias, analfabetismo e corrupção... Estamos começando, mãe. A gente começa limpando os porões, abrindo as escotilhas, deixando o ar puro e o Sol entrar. Estamos apenas começando... para deixar uma casa limpa para os nossos descendentes que virão, construindo um futuro de dignidade.

O ônibus pára perto da avenida Brasil, que está interditada. Logo mais passará o cortejo presidencial, o carro de bombeiros, levando o corpo de Tancredo, seguido pelo povo que lhe deu o aval da esperança.

A rua fechada. Como atravessá-la para ir velar o bisa, lá dentro do cortiço, sozinho no velho quarto, entre suas quinquilharias? Atravessa por baixo do cordão de isolamento, um soldado a impede:

– Não pode, moça, não tá vendo o cordão?

– Por favor, meu bisavô morreu do outro lado da rua, naquele casarão ali, me deixe passar.

– Não pode, já disse. Não sou eu quem faz as ordens, moça, são os homens lá em cima. Só libero depois que passar o corpo do presidente.

– Mas é caso de morte, moço, pelo amor de Deus... eu preciso enterrar o meu bisavô!

– Está morto, mais um pouco não fará diferença. Tenha paciência, assim que passar o cortejo, já disse, agora de jeito nenhum. Para trás, para trás.

O que foi que mudou? Será que mudou? Um soluço de revolta sobe, engasga a garganta de Elisângela. O sol bate em cheio no pardieiro, onde pombas se atropelam no telhado, assustadas com a multidão que sobe pelos muros, pelas grades, se amontoa nas calçadas e meios-fios. O Brasil espera pelo corpo do seu presidente, que agora vai passar, porque o país esteve durante 39 dias naquele sufoco, que agonia, agonizava o presidente e agonizava o povo, sem saber o que ia acontecer, temendo pelo pior. Jornais, TVs ligadas, a conversa de todas as horas e minutos:

– Outra operação, meu Deus, coitado! Será que ele resiste?

O fim se aproximando, galopando, inexorável. O próprio homem se convencendo da inutilidade dos esforços, na sua luta pela vida, em cumprir a promessa feita ao povo:

– Eu não merecia isso...

Dias, horas de angústia. O povo chegando, como agora, em volta do hospital onde ele agoniza. Cerrando fileiras de oração, coisa nunca vista, vindo dos subúrbios, até de outras cidades, numa vigília de preces, de lágrimas, cheia de fé...

E num domingo triste/trágico, num 21 de abril, dia de Tiradentes, que estranho simbolismo – teria sido mesmo casual? –, morre o presidente... E a nação se prepara para exercer a democracia, empossando o vice-presidente legitimamente constituído... Começamos assim, é assim que começamos, parece mesmo um simbolismo, vamos ensaiar nossa democracia criança, frágil, tão nova, fazendo subir a rampa aquele que ontem simbolizava o sistema e hoje é presidente do Brasil. Não importa, importa é o que significa, o que vai ajudar a sedimentar. Não deixe a batuta cair, presidente, que estamos aqui, cerrando fileiras pela democracia...

O cortejo fúnebre aparece na avenida, precedido pelos batedores... O povo explode, cantando o Hino Nacional:

O SOL DA LIBERDADE em raios fúlgidos
Brilhou no céu da pátria nesse instante.

Barrada, cerceada pelo cordão de isolamento, a multidão canta, chora, aplaude, toda ela uníssona, numa só voz. Comprimida também, Elisângela contempla, melancólica, a velha casa de onde as pombas agora voaram todas, com medo do barulho. No quartinho miserável, dorme para sempre um velho rei negro, herdeiro de um soberano ioruba. De herança, deixa uma coroa de latão dourado. Enquanto pela avenida passa o cortejo de um presidente que morreu depositário de todas as esperanças de um povo sofrido, amargurado, cansado de ser iludido e calcado pelas botas da tirania...

O Sol está a pino, arde sobre as cabeças, mergulha seus raios férvidos, contagiando a terra com a sua luz. O cortejo vem vindo, o carro vermelho, coberto de coroas de flores coloridas, logo mais passará pelo cortiço, se cruzarão ambos, presidente e sambista – mortos no mesmo dia –, um aclamado pelo povo, o outro desconhecido desse povo que ele cantou nos seus sambas, pelas madrugadas de garoa...

A multidão se comprime mais, quer romper os cordões de isolamento. Os guardas, de mãos dadas, contêm o povo. Pelo rosto de Elisângela começam a correr lágrimas quentes, lúcidas, graúdas... Ela chora por tanta coisa, por todos os que se foram e por todos que ainda virão...

. . . .

Da névoa do tempo ancestral, os tambores iorubas tocam chamando para a luta...

A autora

Nelson Toledo

Nasci a 27 de outubro de 1938, em São Paulo, de uma família de professores. Educação era a palavra-chave; a leitura, um prazer constante.

Minha mãe, apaixonada por História do Brasil, adquiria todos os livros que pudesse sobre o assunto. Herdei uma coleção de obras valiosas, com muitos títulos esgotados, que talvez só sejam encontrados em bibliotecas ou sebos.

Quando me tornei escritora, achei que poderia recontar a História por meio de textos de ficção, como fizeram grandes autores, sobretudo quanto à História Universal. No Brasil, com honrosas exceções, faltavam livros desse tipo, principalmente para os jovens, que, em grande parte, desconhecem detalhes "saborosos", isto é, os bastidores da nossa História.

Conhecer a História pátria é fundamental. Um país sem memória desconhece o passado, não entende o presente e não projeta o futuro. Temos sagas, de heróis verdadeiros, que merecem ser resgatadas – afinal, uma nação é muito mais do que "personalidades" do esporte, da moda, ou da TV, que se projetam repentinamente e se esvaem, como fumaça, na névoa do tempo.

O motivo pelo qual escrevi este livro – *O sol da liberdade* – foi ratificar a importância da etnia negra na formação do povo brasileiro. Segundo alguns historiadores, no período do tráfico de escravos vieram para a América perto de 9,5 milhões de africanos: cerca de 40% para o Brasil; 6% para os Estados Unidos; 18% para a América hispânica; 17% para o Caribe inglês; e 17% para o Caribe francês. O Brasil foi o último país do mundo a abolir o tráfico.

Atualmente, os Estados Unidos possuem por volta de 36 milhões de negros, 12% da população. (Já foram ultrapassados pelos hispânicos, que atingiram 13%.) Segundo o IBGE, entre negros e pardos o Brasil tem o correspondente a 45% da população, o que nos torna o segundo país negro do mundo, depois apenas da Nigéria. Na realidade, o Brasil é um grande país mestiço.

Imaginem, agora, Salvador, capital da Bahia (e do Brasil até 1763), que no começo do século XIX – incluindo as populações dos arredores – era o maior centro urbano do país, e talvez do Novo Mundo, com 115 mil habitantes: 52% de negros, sendo 20% libertos; 28% de brancos; e 20% de pardos.

Imaginem, também, os negros da etnia ioruba, que exerciam as mais diversas profissões, movimentando-se à vontade pela cidade. Convertidos ao islamismo, que condena a escravidão, falando e escrevendo em árabe, politizados e ávidos pela liberdade. Chamados de malês, fizeram, desde 1807, várias revoluções urbanas, das quais a mais famosa foi a de 1835. Essas revoluções foram únicas, no Brasil e no Novo Mundo, porque os quilombos eram rurais.

Fascinante, não é? Nenhum escritor resistiria. Aproveitando o tema, recriei a saga de uma família negra, desde a África, em 1825, até São Paulo, 1985: 160 anos de História do Brasil, com rigorosos dados históricos e as devidas licenças ficcionais.

A vocês entrego o resultado de muitos meses de trabalho e paixão: boa leitura!

Giselda Laporta Nicolelis

Entrevista

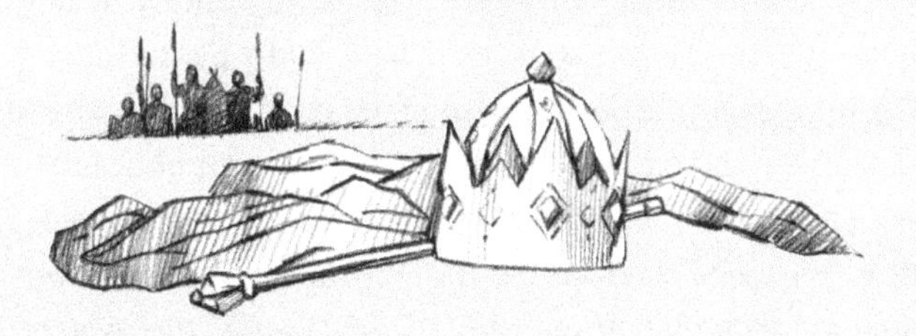

O *sol da liberdade* trata de um tema importante para a conscientização dos jovens: a riqueza cultural brasileira, que vem da mistura de etnias, costumes e crenças. Agora, vamos conhecer um pouco sobre o modo de pensar e de criar histórias da autora Giselda Laporta Nicolelis?

SEU LIVRO É CRIATIVO E ENVOLVENTE POR MISTURAR FICÇÃO E HISTÓRIA. EM SEU PROCESSO CRIATIVO, A FICÇÃO NASCE ANTES DA PESQUISA OU A PESQUISA NASCE ANTES DA FICÇÃO?

• De início faz-se a luz, quer dizer, escolho (na verdade, sou escolhida por) um tema que me comova o suficiente para transformá-lo em história. Se este depender de pesquisa, então vou à luta: primeiro, compro livros específicos sobre o assunto – seria impossível consultá-los em bibliotecas, pois preciso deles a toda hora, sem falar que uso marca-texto para selecionar determinados tópicos e, além do mais, geralmente as bibliotecas estão desatualizadas; segundo, faço, se necessário, entrevistas com especialistas na área escolhida que, inclusive, lerão posteriormente o original para opinar sobre ele. O caso de *O sol da liberdade* foi inusitado. Eu recebia, em 1985, um suplemento literário excelente, o D. O. Leitura, publicado pela Imprensa Oficial de São Paulo. Num dos exemplares, o historiador Décio de Freitas reportava-se ao sesquicentenário da mais famosa revolução dos escravos africanos, de religião muçulmana, ocorrida em Salvador (BA), em 1835. Seu artigo terminava assim: "Onde haverá um escritor que possa resgatar da névoa do tempo a revolução dos malês?". Logo a seguir, descobri, espantada, que a data do suplemento era *exatamente* aquela em que a dita revolução ocorrera, 150 anos atrás. Arrepiada, declarei: "O escritor sou eu!". A primeira providência foi procurar os livros do próprio Décio de Freitas, *expert* no estudo da escravatura no Brasil. Mas eu precisava também de um consultor, alguém que se dispusesse a ler o meu texto para eliminar algum possível erro de trajetória. Foi então que me falaram do sociólogo Clóvis Moura, professor universitário, com vários livros publicados sobre a escravidão negra, que logo adquiri. O melhor de tudo foi a sensibilidade desse autor, que, não apenas leu com carinho e opinou sobre o meu texto, como se tornou um grande amigo. Se *O sol da liberdade* se tornou criativo e envolvente, foi pelo fato de ter me apaixonado pelo tema. Escrevê-lo foi um verdadeiro ato de amor.

EM *O SOL DA LIBERDADE*, PODE-SE ACOMPANHAR UM POUCO DO PROCESSO DE DISCRIMINAÇÃO RACIAL QUE ATÉ HOJE EXISTE NO BRASIL. ESSE ERA O SEU OBJETIVO?

• Gilberto Freyre (1900-1987), sociólogo brasileiro, é autor do livro *Casa-grande & senzala*, que causou grande impacto ao ser publicado, em 1933. Segundo Freyre, foi sorte o Brasil ter sido descoberto e colonizado por portugueses. Estes, por terem convivido com os mouros – conquistadores árabes da península Ibérica (Portugal e Espanha), que a dominaram durante séculos, na Idade Média –, tinham mais simpatia por pessoas de pele escura (isso sem esquecer um fato fundamental: foram os árabes que levaram para a Europa medieval, naquela época inculta e semibárbara, toda a cultura greco-romana, em suma, a civilização). Na opinião de Gilberto Freyre, teria sido muito pior se o Brasil estivesse sob o domínio de anglo-saxões, povos mais racistas. Entretanto, mesmo sendo um grande defensor do *mestiço* e da importância deste na formação étnica do povo brasileiro (mestiço esse considerado, na época, como pessoa inferior, por ser oriundo do relacionamento entre europeus com índios ou negros), Freyre, por ser também um conservador, criou, em sua obra, o mito do "senhor bondoso e da escravidão benigna" – que era exceção absoluta e não regra: na maioria das vezes, pelas próprias características da escravidão, desde a antiguidade, o senhor (e principalmente o feitor sob suas ordens) era um homem cruel que considerava o escravo como *res* (coisa, em latim), ou seja, propriedade sua, sobre a qual tinha o direito de vida ou morte e podia dispor dela como e quando bem entendesse, inclusive para fins sexuais. A escravatura durou vários séculos no Brasil, último país do mundo que a aboliu. Nesse contexto, é importante lembrar outro brasileiro ilustre, ardoroso político abolicionista, além de historiador e diplomata, Joaquim Nabuco (1849-1910). Na época da abolição, ele já alertava: não era suficiente dar liberdade aos escravos, seria preciso adotar previamente um programa de inclusão social. No seu entender, isso só se daria por meio da educação e de leis que impedissem a discriminação racial. O dia seguinte à *assinatura* da Lei Áurea foi um verdadeiro desastre: os negros alforriados deixaram as fazendas e/ou seus senhores para se verem jogados à própria sorte, sem casa, comida ou trabalho, engrossando a choldra das grandes cidades, formando quilombos urbanos que se transformariam nas favelas atuais. Não houve inclusão, sedimentou-se a exclusão: os negros, mesmo livres, continuaram sendo párias. Ainda hoje, para cada brasileiro branco analfabeto, há dois negros na mesma situação; para cada cinco brancos com mais de 25 anos e com diploma universitário, apenas um negro conseguiu graduar-se. O branco de 25 anos já estudou 8,4 anos; o negro, 6,1 anos. É evidente que há afro-brasileiros que, vencendo todas as barreiras, tornaram-se médicos, advogados, juízes, promotores, militares de alta patente, políticos, empresários, jornalistas, escritores (tais como Machado de Assis, Lima Barreto), professores universitários etc. Mas em quantidade muito menor do que em países onde, inclusive, houve um terrível *apartheid*. Será que um sistema de cotas, como nos Estados Unidos, resolveria o problema? Porém, num país imensamente miscigenado como o nosso, quem seria realmente o negro? O afrodescendente, ainda que de pele mais clara? O de pele mais escura, mesmo que sua ascendência supostamente fosse branca? Nem sempre a cor da pele confere com a parte genética. E o que fazer com outros segmentos da população, igualmente pobres, que necessitam obviamente dessas cotas? Não seria mais justo que se investisse maciçamente em educação, para que *todos* os estudantes das escolas públicas, independentemente de etnias, fossem contemplados com um ensino de altíssima qualidade que os tornasse competitivos com os alunos mais abonados das escolas particulares? E tivessem assim a mesma chance de ingressar nas universidades públicas tanto estaduais quanto federais de qualidade? É exigir muito? Mas não é exigindo que se recebe? A propósito, o conceito de raça foi abolido cientificamente desde que se mapeou o genoma humano. Segundo pesquisas genéticas, as diferenças de DNA, por exemplo, entre dois nórdicos podem ser maiores do que as encontradas entre um nórdico e um negro, o que ratifica a tese de Gilberto Freyre de que os povos não são superiores ou inferiores por uma questão de raças, mas apenas se diferenciam pela cultura. No Brasil, embora se afirme romanticamente o contrário, existe a discriminação racial, principalmente pelo fato de o negro (e os mestiços denominados pardos ou mulatos) ser mais pobre, ter menos acesso a uma educação completa, exercer as tarefas mais humildes na escala social etc. Até há pouco tempo, nas novelas de TV, os negros só atuavam como empregados domésticos. Aos poucos, eles ganham foro de personagem central. Também na moda surgem modelos (homens, mulheres e crianças) negros de grande beleza, oriundos até das camadas mais pobres da população, com o aparecimento simultâneo de maquiagem para a pele negra. *O sol da liberdade*, sem dúvida, tem o objetivo de levantar a questão da discriminação racial, incitando os leitores a pensar sobre o tema do preconceito. Nunca é demais lembrar que o Brasil é o segundo país negro do mundo, após a Nigéria, e talvez o mais miscigenado de todos. A discriminação racial é punida por leis bastante severas constantes do Código Penal brasileiro.

SEU LIVRO TRAZ A SAGA DE SETE GERAÇÕES DE UMA MESMA FAMÍLIA. VOCÊ GOSTA DE LITERATURA ÉPICA?

• Muito. Minha inspiração foi a obra *Raízes*, do escritor afro-americano Alex Haley, transformada depois em minissérie de TV de grande sucesso, exibida também no Brasil. Haley fez um levantamento de várias gerações de sua própria família até chegar a seus ancestrais na África. Em *O sol da liberdade*, recriei a saga de uma família negra, desde a África, em 1825, até São Paulo, 1985. Mas, aqui no Brasil, os arquivos referentes à escravidão negra foram queimados por sugestão do grande jurista brasileiro, Rui Barbosa (1849-1923), supondo, com tal ato, apagar "essa mancha da História nacional". Restaram apenas documentos esparsos em igrejas, santas casas de misericórdia, cemitérios etc., para serem consultados por historiadores. Como sou autora de ficção, criei a saga familiar baseada em fatos históricos, mas utilizando uma licença histórica, ou seja, preenchendo lacunas quando necessário. A história do francês Jean, que vem ao Brasil viver com o tio, na Bahia, por exemplo, me foi narrada por um descendente dele. Naturalmente, dei um trato romântico ao fato real.

HÁ UM INTENSO SENTIMENTO DE FAMÍLIA PERCORRENDO O LIVRO. EM SUA OPINIÃO, QUAL A IMPORTÂNCIA DA FAMÍLIA NA SOCIEDADE BRASILEIRA?

• A sociedade brasileira foi desde o início calcada em termos patriarcais, isto é, quando o *pater familiae* (pai de família, em latim) detém todo o poder. Na Roma antiga, esse patriarca tinha até mesmo o poder de vida ou morte sobre os familiares. Por aqui, por influência dos descobridores, se não chegava a tanto, esse poder ainda era considerável. O pai escolhia os cônjuges para os filhos, principalmente os das filhas, levando em conta o interesse dele. Era chamado de "senhor meu marido" pela esposa, que, na época colonial, além de submissa, só saía de casa três vezes na vida: para ser batizada, casar e ser enterrada (exceto as mulheres dos bandeirantes paulistas que, em situações especiais, eram obrigadas a cuidar dos negócios da família, enquanto seus maridos e filhos se embrenhavam nas matas). As mulheres tinham filhos todo ano e muitas vezes morriam no parto. Eram sinhazinhas de saúde frágil e dentes fracos; seus maridos e senhores geralmente tinham concubinas negras com as quais concebiam filhos "bastardos" (a Constituição brasileira, de 1988, sabiamente, aboliu esse conceito abominável), que depois vendiam como escravos, sem remorso algum. As escravas negras "de dentro" (que trabalhavam na casa dos senhores), mais bem tratadas e alimentadas do que as trabalhadoras da roça, transformavam-se em amas de leite dos filhos das sinhazinhas. Muitas vezes surgiam ciúmes entre escravas e senhoras, e houve casos em que as primeiras envenenaram as segundas, consideradas como rivais no amor do senhor branco (se possível, leia o extraordinário livro *As vítimas algozes*, de Joaquim Manoel de Macedo, Editora Scipione e Casa de Rui Barbosa, edição comemorativa do centenário da Abolição). Foi só em 1932 que as mulheres brasileiras conseguiram o direito de votar. Algumas precursoras haviam se formado médicas, advogadas, professoras, enfermeiras etc.; enquanto a maioria permanecia "rainha do lar", eufemismo utilizado para manter a mulher dentro de casa, substituindo as *camarinhas*, locais reservados às mulheres dentro das próprias casas, onde antes ficavam praticamente enclausuradas, espiando, quando muito, pelas treliças das janelas, o que se passava lá fora. Contudo, a sociedade continuava patriarcal: a mulher que engravidasse fora do casamento causava escândalo público, era expulsa de casa sem demora, num expurgo familiar. O pai ainda devia aprovar o noivo ou a noiva escolhida. A própria imigração de colonos europeus, geralmente muito religiosos e conservadores, mantinha tal estrutura. Hoje, o conceito de família tradicional abrandou-se pela própria evolução dos tempos e costumes. Para isso, concorreram os adventos da TV, dos anticoncepcionais, do divórcio e, principalmente, da emancipação feminina, com mulheres lotando universidades e aderindo significativamente ao trabalho fora do lar – atualmente, 25% dos lares brasileiros são chefiados por elas.

O sol da liberdade

Giselda Laporta Nicolelis

Suplemento de leitura

Por meio da saga de uma família real ioruba, originária da região de Guiné, na África, *O sol da liberdade* traz uma visão sensível e emocionante sobre a História do Brasil. As atividades a seguir têm como objetivo relembrar um pouco essa história. Vamos lá?

Por dentro do texto

•

Enredo

1. No início do livro, encontramos Ajahi em meio a uma guerra deflagrada entre seu pai, Namonim, rei dos iorubas, e algumas tribos inimigas. Ajahi apoia seu pai na guerra, mas parece não estar muito satisfeito com isso. Qual é o motivo da guerra e por que Ajahi não está satisfeito?

___

___

___

___

2. Quem eram os malês e como Ajahi se tornou um dos líderes da revolta?

3. Como Gangara conseguiu salvar sua vida e a de seu filho, quando Ajahi foi capturado e fuzilado?

4. Como Uesu, nascido livre, se tornou escravo de François e qual era a sua grande dor?

5. Mais tarde, Uesu, novamente homem livre, parte para São Paulo com o ex-patrão, à procura de Aliara. No entanto, ele acaba morrendo sem encontrar seu filho.

a) Onde estava Aliara?

b) Como Aliara fica sabendo que o pai o procurou?

6. Qual era o parentesco de Carlão com o rei Namonim?

Atividades complementares

(Sugestões para Artes e História)

14. "[...] meu filho escreveu que no exército americano havia uma segregação danada: tinha batalhão só de negros e outro só de japoneses. [...] O soldado branco americano nem se misturava com o soldado negro ou o japonês [...]" (p.126). Faça uma pesquisa sobre o racismo contra negros durante a 2ª Guerra Mundial, usando como base o filme do diretor americano Spike Lee, *Milagre em Santana.* Depois, compartilhe os resultados com sua turma. Mais informações sobre o filme estão no *link:* <http://www1.folha.uol.com.br/fsp/mundo/ft0411200835.htm>.

15. No livro, são citadas algumas leis brasileiras, que acabam funcionando também como referências temporais. A seguir, mencionamos algumas delas, para que você dê algumas informações a respeito, depois de pesquisá-las:

a) Lei Rio Branco (Lei do Ventre Livre, citada na p. 51).

____

____

____

____

b) Lei Saraiva-Cotegipe (Lei do Sexagenário, citada na p. 73).

____

____

c) Lei Áurea (citada na p. 74).

____

d) Emenda Dante de Oliveira (citada na p. 147).

____

____

7. Elisângela, a bisneta de Carlão, tem uma importante característica da família ioruba. Que característica é essa?

Personagens

8. Os franceses François e Jean Perrier se apaixonam por mulheres negras e com elas constituem família. No entanto, ambos têm uma postura ambígua em relação aos negros e à escravidão.

a) No caso de François, de que modo essa ambiguidade se expressa?

b) E no caso de Jean, como essa ambiguidade se expressa?

Tempo e espaço

9. *O sol da liberdade* é rico em referências históricas, pois a saga das personagens se entrelaça com a História do Brasil e Geral. Encontre no texto os momentos históricos ligados aos fatos narrativos que seguem:

a) Chegada de Jean ao Brasil.

b) Uesu e Jean decidem deixar a fazenda de François.

c) Partida de Benedito, filho de Carlão, para a Itália.

____

d) Desaparecimento de Lázara.

____

e) Morte de Carlão.

____

____

10. No texto, são também muitas as referências espaciais. Encontre as seguintes referências de espaço:

a) Local da revolta malê.

____

b) Local da fazenda de François Perrier.

____

c) Local da fazenda de Carolina.

____

d) Quilombo do Urubu.

____

e) Estados onde se passa a maior parte da história.

____

Linguagem

11. Existem no livro palavras próprias do universo da escravidão. Consulte um bom dicionário e descubra o significado de algumas delas:

Tumbeiro: ______________________________________

____

____

____

Malungos: ______________________________________

____

Beiju: ______________________________

____

Ioruba: ______________________________

____

____

____

____

____

____

Nagô: ______________________________

____

Crioulo: ______________________________

____

Bacalhau: ______________________________

____

Quilombo: ______________________________

____

Produção de textos

12. Você conhece a história de sua família? Até que geração? Avós? Bisavós? Tente descobrir dados da vida de algum antepassado remoto e escreva uma pequena biografia dele. Se quiser, misture realidade e ficção!

13. Você sabe o que é um foca? É um jornalista iniciante, que precisa fazer ótimos trabalhos para se estabelecer profissionalmente. Agora, imagine que você é o foca de um grande jornal e foi escalado para escrever sobre a morte do rei Momo Carlão, descendente de iorubas.

AMERICANO, Jorge. *São Paulo naquele tempo*. São Paulo: Saraiva, 1957.

FREITAS, Décio. *Escravos e senhores de escravos*. Porto Alegre: Mercado Aberto, 1983.

_____. *O escravismo brasileiro*. Porto Alegre: Mercado Aberto, 1982.

MESGRAVIS, Laima. *A Santa Casa de Misericórdia de São Paulo (1599-1884)*. São Paulo: Conselho Estadual de Cultura, 1974.

MOURA, Clóvis. *Rebeliões da senzala*. São Paulo: Livraria Editora Ciências, 1981.

_____. *Brasil – As raízes do protesto negro*. São Paulo: Global, 1983.

_____. *Quilombos: resistência ao escravismo*. São Paulo: Ática, 1987.

_____. *Sociologia do negro brasileiro*. São Paulo: Ática, 1988.

_____. *História do negro brasileiro*. São Paulo: Ática, 1989.

RABAÇAL, Alfredo João. *As congadas no Brasil*. São Paulo: Secretaria da Cultura, Ciência e Tecnologia, 1976.

SANTOS, Joel Rufino dos. *Zumbi*. São Paulo: Moderna, 1985.

SILVA, Martiniano. *Racismo à brasileira: raízes históricas?* Goiânia: O Popular, 1985.

UDIHARA, Massaki. *Um médico brasileiro no front*. São Paulo: Imprensa Oficial, 2002.

- www.museuafrobrasil.org.br/: site do Museu Afrobrasil que contém valiosas informações sobre a cultura afro-brasileira;
- www.mundonegro.com: revista virtual com artigos sobre a etnia negra (em espanhol);
- http://etnicoracial.mec.gov.br: voltado ao estudo, à pesquisa e à ação comunitária sobre a temática afro-brasileira;
- http://sinte-sc.org.br/geral/nucleo-de-estudos-negros: Núcleo de Estudos Negros, traz programas de educação e de justiça, artigos, publicações, relacionados à etnia negra;
- https://revistaraca.com.br/: revista mensal dedicada ao público negro brasileiro.